JN054823

痛いのは嫌なので
[著] 夕蜜柑
[イラスト] 狐印
防御力に極振り
ます。
11
フレデリカ
Frederica's STATUS
Lv80
HP ???/???
MP ??/??
[STR ??]
[VIT ??]
[AGI ??]
[DEX ??]
[INT ??]
⚠ SECRET ⚠

「ふふふ、特訓の成果です！」

巨大イカへの奇襲にて
メイプルは触手に変えた手でイカを引き裂くように飲み込み、
マイとユイはそれぞれ八本の大槌を叩きつける。

「よければ一緒に行くのはどうっ、ですか？」
ボロを出したのを笑顔で
誤魔化しながら、
ベルベットはそう提案した。
ミィはどこか羨ましそうに
その様子を見つめる。
「私は特に予定はない。
同行しよう」
七層の静かな丘にて

SKILL Knowledge of Magic X / Secret of Magic VIII / Fast chanting /
Multiple chanting / Fountain of magical power / Mana Ocean / Fire Magic VIII /
Water Magic VIII / Wind Magic VIII / Ground Magic VIII / Dark Magic VI /
Light Magic X / MP Enhancement large / MP Saving large /
MP Recovery speed Enhancement large / Magical attack Enhancement large /
Power Boost / Magic Boost / Increased magical power / Buff Magic /
Poison ineffective / Paralysis ineffective / Stun Resistance large /
Sleep Resistance large / Freeze Resistance medium / Burn Resistance large /
Song of Battle / Uplifting
Frederica's STATUS
Lv80 HP ???/??? MP ??/??
[STR ??] [VIT ??] [AGI ??] [DEX ??] [INT ??]
⚠ SECRET ⚠
痛いのは嫌なので防御力に極振りしたいと思います。
[著] 夕蜜柑
[イラスト] 狐印
11
Welcome to
“NewWorld Online”.

口絵・本文イラスト
狐印

装丁
AFTERGLOW

CONTENTS

All points are divided to VIT.
Because
a painful one isn't liked.

0850 1048 4070 7603

NewWorld Online STATUS

GUILD **楓の木**

NAME **メイプル** Maple

Lv **64**

HP 200/200　MP 22/22

PROFILE

最強最硬の大盾使い

ゲーム初心者だったが、防御力に極振りし、どんな攻撃もノーダメージな最硬大盾使いとなる。なんでも楽しめる真っ直ぐな性格で、発想の突飛さで周囲を驚かせることもしばしば。戦闘では、あらゆる攻撃を無効化しつつ数々の強力無比なカウンタースキルを叩き込む。

STATUS

STR 000　VIT 17550　AGI 000

DEX 000　INT 000

EQUIPMENT

- 新月 skill 毒竜（ヒドラ）
- 闇夜ノ写 skill 悪食 / 水底への誘い
- 黒薔薇ノ鎧 skill 滲み出る混沌
- 絆の架け橋
- タフネスリング
- 命の指輪

SKILL

シールドアタック　体捌き　攻撃逸らし　瞑想　挑発　鼓舞　ヘビーボディ

HP強化小　MP強化小　深緑の加護

大盾の心得Ⅷ　カバームーブⅣ　カバー　ピアースガード　カウンター　クイックチェンジ

絶対防御　極悪非道　大物喰らい（ジャイアントキリング）　毒竜喰らい（ヒドライーター）　爆弾喰らい（ボムイーター）　羊喰らい（シープイーター）

不屈の守護者　念力（サイコキネシス）　フォートレス　身捧ぐ慈愛　機械神　蠱毒の呪法　凍てつく大地

百鬼夜行Ⅰ　天王の玉座　冥界の縁　結晶化　大噴火　不壊の盾　反転再誕　地操術Ⅱ

TAME MONSTER

Name **シロップ**　高い防御力を誇る亀のモンスター

巨大化　精霊砲　大自然 etc.

points are divided to VIT. Because a painful one isn't liked

Welcome to "NewWorld Online"

6892 1179 0606 0847

NewWorld Online STATUS

GUILD 楓の木

NAME サリー Sally

LV 66

HP 32/32 MP 130/130

PROFILE

絶対回避の暗殺者

メイプルの親友であり相棒である、しっかり者の少女。友達思いで、メイプルと一緒にゲームを楽しむことを心がけている。軽装の短剣二刀流をバトルスタイルとし、驚異的な集中力とプレイヤースキルで、あらゆる攻撃を回避する。

STATUS

STR 130 VIT 000 AGI 180

DEX 045 INT 060

EQUIPMENT

深海のダガー　水底のダガー

水面のマフラー skill 蜃気楼

大海のコート skill 大海

大海の衣　死者の足 skill 黄泉への一歩

絆の架け橋

SKILL

疾風斬り　ディフェンスブレイク　鼓舞

ダウンアタック　パワーアタック　スイッチアタック　ピンポイントアタック

連撃剣Ⅴ　体術Ⅷ　火魔法Ⅲ　水魔法Ⅲ　風魔法Ⅲ　土魔法Ⅲ　闇魔法Ⅲ　光魔法Ⅲ

筋力強化大　連撃強化大

MP強化中　MPカット中　MP回復速度強化中　毒耐性小　採取速度強化小

短剣の心得Ⅹ　魔法の心得Ⅲ　短剣の極意Ⅰ

状態異常攻撃Ⅷ　気配遮断Ⅲ　気配察知Ⅱ　しのび足Ⅰ　跳躍Ⅴ　クイックチェンジ

料理Ⅰ　釣り　水泳Ⅹ　潜水Ⅹ　毛刈り

超加速　古代ノ海　追刃　器用貧乏　剣ノ舞　空蝉　糸使いⅦ　氷柱　氷結領域

冥界の縁　大噴火　水操術Ⅴ　変わり身

TAME MONSTER

Name 朧　多彩なスキルで敵を翻弄する狐のモンスター

瞬影　影分身　拘束結界 etc.

Welcome to "NewWorld Online"

0557 4654 3729 1094

NewWorld Online STATUS

GUILD 楓の木

NAME クロム Kuromu

LV 84

HP 940/940 MP 52/52

PROFILE

不撓不屈のゾンビ盾

NewWorld Onlineで古くから名の知られた上位プレイヤー。面倒見がよく頼りになる兄貴分。メイプルと同じ大盾使いで、どんな攻撃にも50%の確率でHP1を残して耐えられるユニーク装備を持ち、豊富な回復スキルも相まってしぶとく戦線を維持する。

STATUS

STR 140 VIT 180 AGI 040

DEX 030 INT 020

EQUIPMENT

- 首落とし skill 命喰らい
- 怨霊の壁 skill 吸魂
- 血塗れ髑髏 skill 魂喰らい
- 血染めの白鎧 skill デッド・オア・アライブ
- 頑健の指輪
- 鉄壁の指輪
- 絆の架け橋

SKILL

刺突 属性剣 シールドアタック 体捌き 攻撃逸らし 大防御 挑発

鉄壁体制

防壁 アイアンボディ ヘビーボディ 守護者

HP強化大 HP回復速度強化大 MP強化大 深緑の加護

大盾の心得X 防御の心得X カバームーブX カバー ピアースガード カウンター

ガードオーラ 防御陣形 守護の力 大盾の極意Ⅸ 防御の極意Ⅶ

毒無効 麻痺無効 スタン無効 睡眠無効 氷結無効 炎上耐性大

採掘Ⅳ 採取Ⅶ 毛刈り

精霊の光 不屈の守護者 バトルヒーリング 死霊の泥 結晶化 活性化

TAME MONSTER

Name ネクロ 身に纏うことで真価を発揮する鎧型モンスター

幽鎧装着(アーマード) 衝撃反射 etc.

points are divided to VIT. Because a painful one isn't liked

Welcome to "NewWorld Online"

1121 6511 1627 4925

NewWorld Online STATUS

GUILD 楓の木

NAME イズ Iz

LV 69

HP 100/100 MP 100/100

PROFILE

超一流の生産職

モノづくりに強いこだわりとプライドを持つ生産特化型プレイヤー。ゲームで思い通りに服、武器、鎧、アイテムなどを作れることに魅力を感じている。戦闘には極力関わらないスタイルだったが、最近は攻撃や支援をアイテムで担当することも。

STATUS

STR 045 VIT 020 AGI 080
DEX 210 INT 085

EQUIPMENT

鍛冶屋のハンマー・X

錬金術士のゴーグル skill 天邪鬼な錬金術

錬金術士のロングコート skill 魔法工房

鍛冶屋のレギンス・X

錬金術士のブーツ skill 新境地

ポーションポーチ アイテムポーチ

絆の架け橋

SKILL

ストライク

生産の心得X 生産の極意X

強化成功率強化大 採取速度強化大 採掘速度強化大

生産個数増加大 生産速度強化大

状態異常攻撃Ⅲ しのび足Ⅴ 遠見

鍛治X 裁縫X 栽培X 調合X 加工X 料理X 採掘X 採取X 水泳Ⅶ 潜水Ⅷ

毛刈り

鍛治神の加護X 観察眼 特性付与Ⅵ 植物学 鉱物学

TAME MONSTER

Name フェイ アイテム製作をサポートする精霊

アイテム強化 リサイクル etc.

ll points are divided to VIT. Because a painful one isn't lik

Welcome to "NewWorld Online"

2128 0779 2864 5999

NewWorld Online STATUS

GUILD 楓の木

NAME カスミ Kasumi

Lv 81

HP 435/435 MP 70/70

PROFILE

孤高のソードダンサー

ソロプレイヤーとしても高い実力を持つ刀使いの女性プレイヤー。一歩引いて物事を考えられる落ち着いた性格で、メイプル・サリーの規格外コンビにはいつも驚かされている。戦局に応じて様々な刀スキルを繰り出しながら戦う。

STATUS

STR 205 VIT 080 AGI 105

DEX 030 INT 030

EQUIPMENT

身喰らいの妖刀・紫 桜色の髪留め

桜の衣 今紫の袴 侍の脛当

侍の手甲 金の帯留め

絆の架け橋 桜の紋章

SKILL

一閃 兜割り ガードブレイク 斬り払い 見切り 鼓舞 攻撃体制

刀術X 一刀両断 投擲 パワーオーラ 鎧斬り

HP強化大 MP強化中 攻撃強化大 毒無効 麻痺無効 スタン耐性大 睡眠耐性大

氷結耐性中 炎上耐性大

長剣の心得X 刀の心得X 長剣の極意Ⅵ 刀の極意Ⅶ

採掘Ⅳ 採取Ⅵ 潜水Ⅴ 水泳Ⅵ 跳躍Ⅶ 毛刈り

遠見 不屈 剣気 勇猛 怪力 超加速 常在戦場 戦場の修羅 心眼

TAME MONSTER

Name ハク 霧の中からの奇襲を得意とする白蛇

超巨大化 麻痺毒 etc.

points are divided to VIT. Because a painful one isn't liked

Welcome to "NewWorld Online"

3030 8825 2743 3535

NewWorld Online STATUS

GUILD 楓の木

NAME カナデ Kanade

LV 57

HP 335/335 MP 250/250

PROFILE

気まぐれな天才魔術師

中性的な容姿の、ずば抜けた記憶力を持つ天才プレイヤー。その頭脳ゆえ人付き合いを避けるタイプだったが、無邪気なメイプルとは打ち解け仲良くなる。様々な魔法を事前に魔導書としてストックしておくことができる。

STATUS

STR 015 VIT 010 AGI 090

DEX 050 INT 120

EQUIPMENT

- 神々の叡智 skill 神界書庫
- ダイヤのキャスケット・Ⅷ
- 知恵のコート・Ⅵ
- 知恵のレギンス・Ⅷ
- 知恵のブーツ・Ⅵ
- スペードのイヤリング
- 魔道士のグローブ
- 絆の架け橋

SKILL

魔法の心得Ⅷ 高速詠唱

MP強化大 MPカット大 MP回復速度強化大 魔法威力強化中 深緑の加護

火魔法Ⅶ 水魔法Ⅴ 風魔法Ⅶ 土魔法Ⅴ 闇魔法Ⅲ 光魔法Ⅶ

魔導書庫 死霊の泥

魔法融合

TAME MONSTER

Name ソウ プレイヤーの能力をコピーできるスライム

擬態 分裂 etc.

All points are divided to VIT. Because a painful one isn't like

Welcome to "NewWorld Online

5615 1896 1080 8803

NewWorld Online STATUS

GUILD 楓の木

NAME マイ Mai

LV 52

HP 35/35 MP 20/20

PROFILE

双子の侵略者

メイプルがスカウトした双子の攻撃極振り初心者プレイヤーの片割れ。ユイの姉で、皆の役に立てるように精一杯頑張っている。ゲーム内最高峰の攻撃力を持ち、近距離の敵なら二刀流のハンマーで粉砕する。

STATUS

STR 505 VIT 000 AGI 000
DEX 000 INT 000

EQUIPMENT

- 破壊の黒槌・X
- ブラックドールドレス・X
- ブラックドールタイツ・X
- ブラックドールシューズ・X
- 小さなリボン
- シルクグローブ
- 絆の架け橋

SKILL

「ダブルスタンプ」「ダブルインパクト」「ダブルストライク」
「攻撃強化大」「大槌の心得X」
「投擲」「飛撃」
「侵略者」「破壊王」「大物喰らい（ジャイアントキリング）」「決戦仕様（デストロイモード）」「巨人の業」

TAME MONSTER

Name ツキミ　黒い毛並みが特徴の熊のモンスター

「パワーシェア」「ブライトスター」etc.

points are divided to VIT. Because a painful one isn't liked

Welcome to "NewWorld Online"

5272 0557 2241 2738

NewWorld Online STATUS ‖GUILD 楓の木

‖NAME ユイ ‖Yui

LV 52

HP 35/35 MP 20/20

PROFILE

双子の破壊王

メイプルがスカウトした双子の攻撃極振り初心者プレイヤーの片割れ。マイの妹で、マイよりも前向きで立ち直りが早い。ゲーム内最高峰の攻撃力を持ち、遠距離の敵ならイズお手製の鉄球を投げて粉砕する。

STATUS

【STR】505 【VIT】000 【AGI】000
【DEX】000 【INT】000

EQUIPMENT

- 破壊の白槌・X
- ホワイトドールドレス・X
- ホワイトドールタイツ・X
- ホワイトドールシューズ・X
- 小さなリボン
- シルクグローブ
- 絆の架け橋

SKILL

「ダブルスタンプ」「ダブルインパクト」「ダブルストライク」
「攻撃強化大」「大槌の心得X」
「投擲」「飛撃」
「侵略者」「破壊王」「大物喰らい（ジャイアントキリング）」「決戦仕様（デストロイモード）」「巨人の業」

TAME MONSTER

‖Name ユキミ 白い毛並みが特徴の熊のモンスター

「パワーシェア」「ブライトスター」etc.

プロローグ

ギルド総出で戦う大規模な第八回イベントが終わり、八層の実装までもまだ時間があるこのタイミングは、NewWorld Onlineのプレイヤーたちにとって、自由に使うことができる時間だ。レベル上げや、未踏のダンジョン攻略など、各々がそれぞれ好きに過ごす中、メイプルはサリーと二人、各層の観光へと走り回っていた。

一層、二層と今まで来た町を改めて見て回ったり、まだ行ったことのない場所へと向かったり。どの層のフィールドも広いもので、駆け足気味に攻略してきたとはいえ、メイプルとサリーの二人が行っていない場所はまだまだいくつもあったのだ。

空に浮かぶ城を探検し、洞窟に潜り、雪山に登って、様々な絶景を見て回った二人は、その過程で二つのギルドのギルドマスターを含むコンビに出会う。

一つは【thunder storm】。大威力の攻撃を使いこなす雷使いのベルベットに、妨害に特化した氷と重力使いのヒナタの二人組で、ダンジョンを共に攻略することで仲良くなり、かつ新たなライバルにもなった大規模ギルドのトップツーである。

もう一つは【ラピッドファイア】。装備を変更することでアタッカーとサポーターの役割を入れ替えつつ戦う、リリィとウィルバートの二人組である。両名ともに射撃に自信があり、リリィは兵士を呼び出しての一斉掃射、ウィルバートは弓を用いての必中かつ超高威力の一撃必殺と、それぞれの得意分野を生かす戦いが特徴的である。

メイプル達が今までのイベントで好成績を残し続けていることもあり、力をつけてきたリリィ達もまたメイプル達のことを競争相手として明確に意識しているのだ。

あらゆる場面で大暴れし、注目を浴びているために、持っているスキルがある程度知られているメイプルは、対策を講じられ、対人戦での戦闘も難しくなってきているというのが周囲の見立てだった。

今回ライバル宣言をしてきた二つのギルドのトップツーコンビ達は、メイプルだけでなくサリーの弱点も突けるスキルを持っているのだから、尚更(なおさら)である。

しかしそんな中、当のメイプルはそんなことを特に意識しないまま、いつものようにスキルを取得したり、皆の気づかないうちに強くなったりしていた。そうしてメイプルとサリーの二人を取り巻く環境が変化していく中で、いよいよ第九回イベント開始の日がやってくるのだった。

一章　防御特化と第九回イベント。

第九回イベントの開始日。メイプルとサリーはギルドメンバーと共にギルドホームでイベントの内容を確認する。

「今回は対人要素は一切無し。全プレイヤーで協力して、イベント期間中にどれだけ限定モンスターを倒せるかだって」

「なるほどー。全員で協力するんだったら、私達も皆のために頑張らないとね！」

「ふふっ、マイペースに頑張れば大丈夫だよ。こういうのは凄(すご)い勢いで討伐する人いるし……」

随分と前に行われた第三回イベントでのモンスター討伐でも、頭一つ抜けた討伐数を誇るギルドがいくつもあった。今回も似た形式である以上、そうなることは予想できる。

「まあそれはいいとして、討伐数が一定数に到達する度に報酬が貰(もら)えて、最後までいければ八層で役立つアイテムが手に入るんだって。その他にもメダルとかお金とか……」

「おおー！　じゃあなおさら頑張らないとだ！」

「だね。今回のイベントは開催期間も長いし、どの層にも限定モンスターは出てくるみたいだから、好きな所で狩れば大丈夫」

「目標討伐数も出てるしな。とりあえず俺は毎日どれくらい討伐されるか確認しつつやるか」

「そうね。案外あっさり達成しちゃうものだものね」

「ゴールもそこまでシビアには設定されていないだろう。私はモンスターが落とす素材をメインに考えるとしよう」

クロム、イズ、カスミの三人は他のプレイヤーの様子も見つつ、適度に倒しながらモンスターが落とす素材の入手をメインに置いてイベントを進める予定である。

「ユイ、私達はどうしよっか」

「うーん……どの場所でも倒せば一体になるから、戦いやすい場所を選ばない？」

「そうだね。レベル上げがしたいわけでもないし……」

マイとユイはどこまでいっても一撃で倒されてしまうＨＰなため、特に競い合う必要がない今回のイベントはのんびりと楽しむことに決めた。

「僕もゆっくり遊ぶことにするよ。あ、暇があったら他のプレイヤーでも見てこようかな。メイプルとサリーは対人戦のこと気にしてたみたいだし」

「……！　ありがとう、助かる」

「いやいやー、でもあんまり期待しすぎないでね」

カナデはサリーにそう言って笑っている。プレイヤー同士で競い合う必要のない第九回イベントはそこまで気を張り詰めてやる必要がないものだったため、それぞれに目標を決めて遊ぶこととなった。

「何か面白いものでも見つけたら報告するか。全部の層が対象フィールドだし、モンスターも何種類かいるしな」

「そうね。いい素材を落とすモンスターが見つかったら、それを優先して倒してもらえると助かるかしら」

限定モンスターがイベント後にもどこかに現れるのかは分からない。となればここで集められるものは集めておきたいわけだ。

「じゃあ何かあったら教えるってことで！」

メイプルがざっくりと情報共有していこうという旨を伝えると一旦全員で各層モンスターの種類に違いがあるかなどそれぞれ確認してみることになった。

イベント自体はシンプルなものだったため、メイプルとサリーの二人は内容の確認を終えたところでフィールドへ向かっていく。メイプル達は最もモンスターが強い七層に行くことができるプレイヤーの一人なため、他の層は他のプレイヤーに任せることにして七層で討伐を始める。
いつも通りサリーに馬を用意してもらい、メイプルが後ろに乗ってフィールドを駆けていると、

早速今までに見かけなかったモンスターがいることに気がついた。

「私が召喚する魚みたいなのがいるね」

「あれでいいの？」

「うん、あれが今回の限定モンスター」

いつも通りのフィールドに新たに現れた空中を泳ぐ魚の群れ。当然、陸地にこんなモンスターがいるわけがないため、イベント限定なのは一目瞭然(いちもくりょうぜん)である。七層では、これを倒すことによって討伐数を稼ぐことができるようだ。

「モンスターにもいくつか種類があるみたいだし、強いモンスターなら珍しい素材とか落とすかもね」

「じゃあどんどん倒していかないとだ！」

「と言っても、皆で討伐数を稼ぐのが目的だから、とりあえず人の少ない所に行こうか」

「その方が効率的ってことだよね！」

「そそ、どこにでも出るみたいだからさ」

全プレイヤーを対象にしたイベントだけあって、限定モンスターの要求討伐数はかなり多い。期間も長く取られているとはいえ、メイプルやサリーのようなイン時間が限られるプレイヤーはコツコツ数を積み上げるより他にない。いつにもまして人の多い街の近くは他のプレイヤーと限定モンスターの取り合いが起こるため、二人は混み合った場所から離れることにしてマップの端を目指していく。

　そうしてしばらく走った所で二人はゴツゴツとした岩の並ぶ荒地にやってきた。適度に見通しが良く、いつもはこれといって特殊なモンスターやギミックの存在しないここは、討伐数を稼ぐのに適切な場所と言える。サリーは馬から下りるとメイプルに手を貸して、近くに馬を待機させる。

「よしっ！　早速探していこー！」

「この辺りを探索して、あんまりいないようなら移動する感じで」

「分かった！」

　二人が周囲を少し探索すると、目的としているモンスターはあっさりと見つかった。それは青い光を漂わせながら空を泳ぐ熱帯魚の群れで、サリーが【古代ノ海】のスキルで呼び出すことができるものによく似ている。

「さて、どんなものか試してみよう！」

「うん！　全力で行くよーっ！」

　サリーが分身を生み出しながら駆け出し、メイプルはその後ろで兵器を展開する。手を抜くことはしないと、ボスと相対した時のように全力の攻撃を叩き込む。イベント限定モンスターとはいえ、わらわらとどこにでもいるサイズでしかない熱帯魚は、少しの水を生み出して攻撃する程度の力しかなさそうだった。

　そんな存在が二人を前にしてどうなるかなど火を見るより明らかだった。

サリーは撃ち出される無数の水を全て容易く躱し、メイプルはレーザーで無理矢理水を打ち消して、一瞬のうちに魚達は文字通り消し炭になった。

「……数を倒さなきゃいけないだけあって、思ったより弱いね」

「そうだね。あっさりだった！」

二人の能力が最前線を行くプレイヤーの中でも高いというのもあり、普通のプレイヤーが数多く討伐することを前提に作られたモンスターは二人の相手ではない。

「これならどんどん倒していけるね！」

「だねー。むしろ、湧くペースが倒すペースに追いつかないかも。ギルドの皆も他の所で狩ってるみたいだし、しばらく倒したら様子見に行ってみる？」

「うん！　それまでに皆に負けないくらい倒していこっ！」

幸先よく最初の一群を倒した二人はそのまま続けて限定モンスターを倒していく。メイプルの射撃とサリーの斬撃で簡単に倒せることは分かっているため、見つけ次第さくさくと魚達を倒し、討伐数を伸ばす中、二人の視界に今までとは違うものが映った。

「サリー、あれもそうだよね？」

「そうっぽい。いくつか種類あるって話だったし」

岩陰から観察する先には、同じように空を泳ぐ二人よりも大きなサメがいた。

魚の群れは何度も倒した二人だが、サメを見るのは初めてである。

「今回の限定モンスターって、お魚がモチーフなのかな？」

「かもね。何か落とすかもしれないし、倒さない理由はないね」

「よーし、じゃあ先手必勝！」

メイプルは岩陰から砲を構えるとしっかりサメに狙いを定めてビームを発射する。

それは真っ直ぐにサメに向かっていき、サメの胴体にクリーンヒットするが、今まで倒してきた熱帯魚の群れとは訳が違うようでＨＰは減ってはいるものの倒れることなく、大きな口を開けて勢いよく二人に突進してくる。

「もう一発！　わわわっ⁉」

続く攻撃を仕掛けようとしたところで、地面からどばっと水が噴き出して、メイプルは転倒する。サメ以外の危険を察知してサリーが距離を取ろうとするのを見て、メイプルは自分が起きるよりも早く瞬時に防御に回る。

「【カバー】！」

幾度となく使ってきただけあって、スキルを使うタイミングは体に染み付いている。

素早く反応してサリーの安全を確保した直後、メイプルは間欠泉のように噴き出した大量の水によって上空へと吹き飛ばされる。飛んでいくメイプルを見つつ、サリーはサメの方に駆けていく。

「今度はこっちから！」

距離を詰めるサリーにサメも大きな口を開けて噛み砕かんと向かってくるが、サリーはそれをするりと躱して深く身を斬り裂いて距離を取り直す。そうして次の攻撃に移ろうとした所で上空から声がかかる。

「サリー‼　サメの動き止めてー！」

「朧【拘束結界】！」

メイプルの声に即座に反応してサリーはサメの動きを停止させる。わざわざメイプルが声を張って言うのだ。そこに理由がない訳はない。

直後、上空で凄まじい爆発音が響き、黒い塊がサメの頭部に落下してくる。

それは、【機械神】によって片腕を大きな剣にしたメイプルである。

結果、メイプルは動きの止まったサメの頭を斬り落とすように剣を突き刺すこととなった。ポロリとサメの頭が胴から離れる中、剣を支柱に逆さになって地面に突き刺さるメイプルだったが、バランスが崩れ、その拍子に剣が折れて地面に転がる。

「だ、大丈夫……か。ま、そうだよね」

サリーとしても予想外の攻撃に少し驚いたものの、このくらいの落下ではメイプルがダメージを受けないことは今までの戦闘で分かっている。

「いっつもただ落ちるだけだともったいないなあって思ってて！　上手くいったみたい！」

「そもそも、普通は落ちることもそんなにないんだけどね」

自爆によって空を飛ぶメイプルならではの発想と言える。落下ダメージが発生するため、本来は高所から落下することはリスクでしかない。より良い落ち方を考えるより、落下ダメージを受けないよう、そもそも高所から落ちない方法を考える方が普通なのだ。

「あ、そうだ何か素材は……」

メイプルが立ち上がったあと周りを見渡すと、まるでスライムのように形を保った水の塊が転がっているのを見つける。

「これかな？」

「おー、どんな素材だった？」

メイプルが拾い上げて内容を確認する。それは魔力のこもった水とだけ説明があり、どのような素材で、何に使えるのかは専門外である二人には分からない。

「んー……イズさんに聞かないとダメかな？　大事なアイテムだったら早めに集めときたいし」

サメはレアなのか熱帯魚ほどぽんぽん出てこない。もしこのアイテムが重要なものならサメ狙いにシフトしていく必要もあるだろう。

「じゃあ早速聞きにいってみようよ！　ほら、善は急げって言うし！」

「おっけー。このあたりの限定モンスターはほとんど倒しちゃったし、そうしよっか。クロムさん達と探索に出てるみたいだけど、イズさんならスキルでどこでも工房が出せるしね」

サリーはイズにメッセージを送ると、メイプルを馬に乗せて移動を開始する。

「あ、熱帯魚は弱いって分かったし、道中辻斬りしていくよ！　何かドロップするかは私が見るから」

「うん！　攻撃はまっかせて！」

こうして討伐数を稼ぎつつ、二人はイズ達の元に向かうのだった。

その頃クロム、カスミ、イズの三人は、同じく七層で巨大化したハクの頭に乗って移動しては限定モンスターを狩るのを繰り返していた。

「あら、メイプルちゃん達こっちに来るみたいよ。早速、レアモンスターから見たことのない素材がドロップしたらしいわ」

「おおー、すげえな。こっちはさっきから熱帯魚轢くばっかりだもんなあ」

ハクの巨体に物を言わせて湧く熱帯魚を片っ端から轢き殺してエリアをぐるぐる回っているものの、これといって特殊なアイテムがドロップすることもなく、他の種類の限定モンスターに会うこともなかった。しかし、熱帯魚しか見つかっていないだけで、他にどんな敵がいるか分からない以上、三人は安全に狩りをする方針だった。イズが最前線でも通用する戦闘力を手に入れたとはいえ、それを発揮するには下準備が必要になるからだ。

「限定モンスターが弱くても、普通のモンスターは出てこなくなった訳じゃないもの。やっぱり一人だと不安ね」

「今ならやれると思うけどな。大砲とか作れるようになってるしよ。咄嗟に取り出せさえすれば結構ソロでも戦えるだろ」

「もう、アイテムはタダじゃないのよ？　使ってもしばらくすればまた使えるようになるスキルとは訳が違うんだから」

イズはそう返すものの、ソロでの戦闘も可能なことは事実である。それは前回のイベントで最高難易度に挑戦できたことからも明らかだ。

「討伐数は稼げるものの、やはりこれだけでは物足りなく感じるものだな」

「まあ……轢殺で片がつくからな。ただ、素材探しは楽に越したことはないだろ。強いモンスターもプレイヤーも会いに行こうと思えばいくらでもいるんだしな」

「ふむ……それもそうか」

楽に済ませられることは楽に済まそうと、カスミはハクに指示を出して次々に熱帯魚を轢き殺し、噛み殺し、着実に討伐数を積み上げていく。

そうしてフィールドの一角でひたすらハクを這いずらせていると、連絡通りメイプル達がやってきた。

「おーい！」

「二人が来たか。ハク、止まれ」

カスミはハクを停止させると頭を地面近くまで下げさせる。

「二人は順調か？」

「うん！　ここに来る途中も馬で走りながらたくさん倒してきたよ！」

「そっちも順調そうだね」

「ああ、これだけ脆いと手こずることもない」

「で、メイプル」

「はいはーい！　イズさんこれです」

メイプルがイズに水の塊を手渡すと、イズはすぐに新しい素材の獲得によって製作方法が開放されたアイテムを確認する。

「えっと……作れるのは水中での活動時間を延ばせるアイテムね。今までに作れたものよりも強力なものみたいだから、水中探索が捗るんじゃないかしら？」

「なるほどー。海とか湖とかたくさんあるし、役に立ちそうかも！」

メイプルはうんうんと頷く。サリーとしても水に関するアイテムの素材だろうと考えていたため概ね予想通りといったところだ。

「言ってた通り、次にいつ集められるようになるか分かんねえしな。ここは熱帯魚以外のモンスターを探す方に切り替えるか」

「そうね、そうしてくれると助かるわ。合計討伐数も順調に伸びているもの」

最初に予想した通り、カスミ達以上に凄まじい勢いで討伐数を増やすプレイヤーがいるためか、合計討伐数は目標達成に向けて順調に推移している。討伐数稼ぎは第二目標にして、レアな素材探しを優先しても問題はなさそうだった。

「了解だ。まぁハクならわざわざ狙わなくても雑魚は巻き込んで倒せたりするしな。ついででも十分稼げるだろ」

「残りの三人にも伝えて、っと……よし。私達はとりあえずサメを探してあちこち回ってみます」

「ああ、この辺りは私達に任せてくれて構わない。現状手に負えないものに出会ってもいない」

メイプルとサリーは何かあったらいつでも呼んでくれればいいと伝えて、また馬に乗って駆けていく。カスミもハクに再び命じて、メイプル達の言っていたサメを探し始めた。

「これくらいなら新しく取ったスキルは使わなくても問題なさそうだな」

「ああ、私のも出番はなさそうだ」

クロムとカスミがメダルで手に入れたスキルは戦闘時に役に立つものなため、激しい戦闘が発生しない限りは使われることはないのだ。

「私はアイテム製作時に一定確率で完成品の獲得数が増えるスキルにしたから、戦闘寄りじゃないのよね」

「おお、でもこれでさっき言ってたコスパも少しは良くなるだろ」

「そうね。ところで、二人はどんなスキルを選んだの？」

「そうだな……お披露目にちょうどいいモンスターでも出ればいいんだが」

「ん？　……ふふ、どうやらメイプルが運を分けてくれたようだ」

そう言うカスミの視線の先にはふわりと優雅に空を舞うマンタの姿があった。三人はそれがメイプル達が言っていたサメのようなレアモンスターだと判断する。となれば逃がすわけにはいかない。

「カスミ、向かってくれ！」

「ああ！」

カスミはハクのスピードを上げると一直線にマンタの方に接近する。

敵の接近に気付いたマンタの口元に青い魔法陣が展開され、そこからメイプルが吹き飛ばされた時のような大量の水が放たれる。

「使い所だな！　任せろ【守護者（ガーディアン）】！」

クロムがそう言い放ち盾を構えると、三人を飲み込まんとした水流をクロムが全（すべ）て受け持って耐え切ってしまう。

「発動してから少しの間受けるダメージを減らして周りを庇（かば）う。状態異常も効かないおまけ付きだ！　ま、一般人用の【身捧ぐ慈愛】だな！」

【身捧ぐ慈愛】と異なり自身の受けるダメージを減少させるため、クロムの防御力でも実用可能なのだ。ノックバックや毒のような状態異常も防ぐため、より盾役としての安定性も高めてくれる。

「なら私も見せるとしよう。【武者の腕】【三ノ太刀（たち）・孤月】」

カスミはスキルによって跳躍すると水を吐き切ったマンタの上を取ってそのまま斬撃を繰り出す。両脇に浮かんだ腕と共に斬りつけられたマンタは大きくよろめくものの、レアモンスターだけあってそのＨＰはゼロにはならない。

カスミは地面に向かって落ちていく中、体勢を立て直し再び刀を構える。

「【一ノ太刀・陽炎（かげろう）】！」

落ちていく途中でもスキルの効果によって本来人には不可能な動きも可能になる。カスミはスキルによってマンタの目の前まで瞬間移動すると、そのまま斬りつけてさらにダメージを与える。そうして再び落下していく中で新しく取得したスキルを発動させた。


「【戦場の修羅】」


カスミの体から発動を表す赤い光が立ち昇る。

クロムは【挑発】によってマンタの攻撃を再度引きつけながらその様子を見ていた。

カスミは先ほど使ったばかりのはずのスキルを発動し、再び物理法則に囚（とら）われない加速によって上昇して、マンタを斬り裂きながら上空へ抜ける。となれば次はまた同じように落下に移るわけだが、マンタのＨＰバーは残り少なく、カスミはトドメを刺せることを確信した。

「【三ノ太刀・孤月】！」

「【一ノ太刀・陽炎】！」

何か仕掛けられる前に終わらせるとばかりに、カスミは再び瞬間移動し刀を振るうと、抵抗することもできずにマンタは光となって消えていった。カスミは光の中に残った水の塊を片手でキャッチすると、ハクを呼んで空中で器用に体勢を整え頭の上に着地する。

「……曲芸師にでもジョブチェンジしたみたいだったぞ？」

「ふふ、正にゲームの中って動きだったわね。さっきのがカスミの新スキル？」

「ああ、ああいった動きは慣れるのに少しかかったが……一定時間スキルのクールダウンを大幅に短縮するものだ。デメリットは効果時間中に何も倒せなかった場合、全てのスキルがクールダウンに入ることだ」

「おお……またそりゃあピーキーな……その分、瞬発力は凄(すご)いが。さっきの空中移動はそのスキルがないとできなかったんだろ」

「そういうことだ。他にも移動系のスキルを上手(うま)く使えば、より大胆に跳ね回ることも可能だな」

「う、胡乱(うろん)な動きだ……」

「皆強くなって頼もしいわ。より手助けのしがいがあるわね」

「うーん、俺は堅実に行き過ぎたかあ？」

「ふふっクロムはそれでいいと思うわよ」

「同感だ」

それを聞いて納得いったようないかないようなそんな顔をしているクロムなのだった。

クロム達の元から離れ馬に乗ってフィールドを走り回る二人。メイプルはというと落ちないように片手でサリーに掴まり、もう片手は【機械神】の部分展開でガトリングに変えて、道中ポツポツといる魚の群れを撃ち抜いていていた。

「これが流鏑馬かあ……」

「百発百中！　じゃないけど……百発撃ったらちょっとは当たるよ！」

「流石に射撃も上手くなってきたんじゃない？　盾使ってて射撃上手くなるのも変な話なんだけどさ」

「ふふん、ウィルバートさんみたいに百発百中目指さないとね！」

「あはは、流石にあれは無理そうだなあ。ま、撃ち漏らした分は……【サイクロンカッター】！」

メイプルの銃撃をかろうじて生き延びた魚群にサリーが放った風の刃が直撃し、トドメを刺していく。

「うん、命中」

「すごーい！」

手綱(たづな)を握ってかなりのスピードで移動しながら、さらにモンスターに攻撃もするのは難しいことだ。前方不注意で障害物にぶつかってしまわないようにしつつ、サリーはメイプルが倒し切れなかった魚群を時に振り返って、時に横を向いて的確に倒し、素材のドロップがないかどうかも確かめながら馬を走らせる。

「足りないところは私が埋めるよ。でも百発百中狙ってみて？」

「おっけー！」

そうしてしばらく走り回っていると何体かサメやマンタ、さらにはタコやイカなど大型のモンスターにも出会うことができた。ただ、どれも大量の水による攻撃をしてくる点が共通していて、他に特殊な攻撃がなかったこともあり、そこまでの脅威にはならない。事実、倒していくにつれてパターンを把握し馬から下りる必要がないと感じたサリーは、メイプルにひたすら射撃させながら馬の最高速で攻撃を躱(かわ)し、距離を取って固定砲台メイプルにより撃破を繰り返していた。

「んー、下りる手間も省けていい感じ」

「すごいね。馬に乗ってても避けれちゃうんだ」

「攻撃は単純だし、ある程度読めば大丈夫」

そうして倒してはドロップアイテムを拾うのを繰り返す。討伐数は大型モンスターであっても一体としか換算されないが、イズの欲しがっていた素材が確定で手に入ることが分かったため、他のプレイヤーに倒される前に優先して倒すことにしていた。

「まだ一日目だし、もう少し経てばどこに出やすいとかも分かってくるかな」

「そうしたらもっと集めやすくなるかな？」

「うーん、人が集まると競合相手が増えるし、一概には言えないなあ」

「あーそっかあ。じゃあ穴場を見つけないとだね！」

「それが一番だね。だからこうして走り回ってるって感じ」

七層を選んだ理由には、二人で使えるちょうどいい移動手段があったからというのももちろん含まれる。さらに、他の層と比べて広い七層ならばサリーの言うような競合が起こりにくいのもいい点と言える。

とはいえ馬は誰でも手に入れることができるものであり、サリーと同じようなことを考えて行動しているプレイヤーも当然何人もいるわけだ。

「あ」

「おー、サリーだー。どう調子いいー？」

正面からやってきたのはそれぞれ馬に乗った二人組。【集う聖剣】のフレデリカとドラグである。

「ん、まああって感じかな。いい狩場探してのんびりやってるよ。そっちは？」

「同じ感じー。魚の群れ以外も倒したけどちょっとねー」

フレデリカがドラグの方を見るとドラグが所感を述べる。

「前回のイベントのモンスターは倒しがいがあったが、今回は手応えがないぜ」

「弱いよねー」

それはメイプルとサリーも感じていることだった。前回のイベントでのモンスターが強めに作られていたのは間違いないが、それを差し引いてもＨＰや攻撃パターンの量は大したものではない。

「まあ、それは私達も感じてるかな」

「うんうん、でねー。私達もこうして何か隠し要素がないか探して回ってるわけ」

【集う聖剣】は所属人数も多く、全てのギルドメンバーが探索に出ていて何も見つからないとなると隠し要素がある可能性が考えられる。

「うん。でも、交換材料にできるような情報はまだ持ってないかな。これは本当」

「ちっ、当てが外れたなフレデリカ」

「サリーとメイプルのことだから、さっくり何か見つけてるかと思ったんだけどなー」

「じゃあ見つけたら連絡するよ！　ね、サリー」

「そうだね。あ、その時はもちろんそっちの情報と交換で」

「いいの用意しとくねー。期待してるよー？　じゃあねー」

「また何かあったらな。対人戦も楽しみにしてるぜ」

「負けません！」

「おう、俺達もだ」

フレデリカは二人に小さく手を振ると馬を進めるドラグの隣を行き、しばらくすると見えなくなった。

「情報かあ……て言っても特に何も手がかりないんだよね」

「そうだね。じゃあちょっと探索先を変えてみる？」

「……？　別の層に行くってこと？」

メイプルがそう言うとサリーは首を横に振る。フィールドを駆け回っていても特にこれ以上何かが現れることはなさそうだった。であれば、別の区分と言える場所を探索すれば何かが見つかるかもしれない。

「ダンジョン。何回かダンジョンに入ってみない？」

「あ、そっか何か変わってるかもしれないもんね！」

「そうそう。で一回じゃ分からないかもしれないから何回か入る」

「じゃあぱぱっとボスまで行けるところがいいよね」

「何もなさそうならまたサメ探しに戻る感じで。まだ始まったばかりだし、まずは色々把握するところからだね」

「うんっ！」

メイプル達も七層のダンジョンはいくつか攻略済みである。二人はその中から簡単にボスまで行けるものを選ぶとダンジョンに向かって馬を走らせていく。

七層で二人が攻略した中で簡単なダンジョンといえば、ベルベット達と攻略したコロシアム風の石像モンスターラッシュが最たるものだ。

人数に合わせて難易度が変動し、邪魔の入らない戦闘しかないダンジョンのため、道中は問題なく何度でも勝てそうなこともあり、確認にはうってつけである。

「とりあえず一回入ってみよう」

「うん！」

メイプルとサリーがダンジョンへ足を踏み入れ、石像を撃破して攻略を進めていくと、予想通り前回との違いがあることに気づく。前回は石像と石像の間の通路にはモンスターは出現しなかったが、今回は限定モンスターである熱帯魚がちらほら見て取れたのだ。

「なるほど。本当にどこにでも出てくるって感じか」

「前は何も出なかったもんね！」

「そうそう、ちょうどここなら分かりやすいね。って言っても……」

サリーはそう言うとすっと前に歩いていって、迫ってくる魚の群れの中をスルッとすり抜けつつ斬り刻む。

「うん、外と強さは変わらないみたい」

「おおー！　さっすがサリーー！」

「あとは出てこないとしたら、石像とかボス部屋とか特別な場所くらいかな？」

メイプルとサリーは引き続き、変わっているところは他にないかと注意深く観察しながら進み、遭遇した限定モンスターを屠りつつボス部屋まで辿り着いた。

二人が中へ入ると、そこには以前四人で挑んだ時とは違い、両手に一本ずつ斧を持った石像が立っている。

「前回よりは弱いはず……なんだよね？」

「ベルベットが言うにはね。でも、相性とかあるし要注意！」

調査に来た先で油断して負けるようなことがあってはならない。二人はそれぞれ武器を構えると、戦闘態勢をとる。

「攻撃は大振りだろうし、適当に斬ってくる！」

「頑張って！」

サリーが駆け出すのと同時に、メイプルは兵器を展開して射撃を開始する。走って距離を詰めるサリーに対して、右手の大斧が振り下ろされる。

「それくらい！【超加速】」

サリーは一瞬減速すると横っ飛びで斧を躱し砂煙が舞う中を跳躍して、慣れた様子で斧の上に飛び乗り、石で出来た腕を斬り裂きながら凄まじい速度で肩まで駆け上がっていく。大型モンスターの攻撃を利用して反撃するサリーの得意とする戦法で一気にダメージを与える中、石像は左手の巨大な斧を射撃を続けるメイプルに対して投げつける。

「わっ⁉」

射撃に集中していたこともあって、メイプルは全く回避行動をとることもできず斧が直撃する。

メイプルを吹き飛ばした斧は、大きな音とともに空中に跳ね上がっていき、傷つけられた兵器が爆発しながら壊れてメイプルは地面に転がっていく。

「……びっくりしたあ」

特に問題がないことを確認すると、体についた砂埃を払い、メイプルは兵器を展開して射撃を再開しようとする。

「メイプルー！」

「……！」

メイプルはサリーの呼びかけの意図を察すると、射撃を中断して自爆による飛行に切り替える。

石像は空いた左手でメイプルを叩き落とそうとするが、メイプルとの距離が少し縮まったところで、サリーはスキルを発動した。

「【変わり身】！」

石像の頭部にいたサリーと、空中にいたメイプルの位置が入れ替わる。サリーが体勢を整えて地面に着地する間に、メイプルは片手を触手に変えて石像の頭を飲み込んでいた。

「よし！」

目の前で黒い靄の中蠢く触手に頭をホールドされて、大量の赤いダメージエフェクトを散らせる石像を見て、サリーは作戦の成功を確信する。

サリーが詰めた距離をメイプルに利用させる。位置を入れ替えれば、メイプルの最高火力技である【悪食】を一気に叩き込める。サリーの接近を許せば、妨害できない点と点での移動によってメイプルが真横にすっ飛んでくるというわけだ。

メイプルがそのまま石像の頭を握(にぎ)り潰(つぶ)すように触手に飲み込ませると、最後のダメージエフェクトが散ると同時に石像の全身が光となって消えていった。

サリーは支えを失って落下してくるメイプルを受け止めると、そっと地面に降ろす。

「お疲れ様」

「うん！　バッチリ決まったね！」

「……それに、やっぱり違うところもあるみたい」

「……？」

メイプルはそんなものがあったかと不思議そうにサリーの顔を見る。それに対してサリーは辺りの地面を示してみせた。そこにはいくつか水溜(たま)りが広がっており、サリーが作り出したものではないことは明白だった。

「素材のドロップがあったり、特殊なイベントが起こったりはしなかったけど……こうやって水が残ってるってことは、これも今回のイベントに関係あるかもね」

石像は水に関わる行動を一切取ってこなかったものの、今回のイベントのモンスターの傾向から推測するなら、サリーの言う通りこれもまた限定モンスターとは別の形で、イベントに関わる何かである可能性がある。

「よーし、じゃあ何回か倒してみようよ！　そうしたら、特別な素材とかくれるかも！」

「だね。そこまで強くないし、続けて攻略してみよう」

二人は現れた魔法陣に飛び乗ると早速二度目の攻略を開始するのだった。

二章　防御特化と大槌使い。

メイプル達が七層のダンジョンの攻略に励んでいる頃、マイとユイの二人は五層でイベントモンスターを討伐していた。七層でなく五層を選んだのは、フィールドも明るく、動きのゆったりとした雲のモンスターがほとんどなため、奇襲の警戒もほどほどにイベントモンスターと向き合うことができるからだ。レベル的に経験値もそれなりに貰えるのも二人にはありがたいことだった。

メイプルやサリーの攻撃で問題なく倒すことができるのだから、攻撃特化のマイとユイの二人ならいつも通り一撃で吹き飛ばせる相手ばかりである。

そもそも、最前線の七層であっても、二人の攻撃をまともに受けて生き残ることができるのはボスモンスターくらいのものなのだ。

ツキミとユキミのお陰で移動速度も多少改善された二人は、フィールドを駆け回るうち、メイプル達も戦っていた空を泳ぐサメに遭遇する。

「いた！　珍しいのだよ！」

「うん……！　倒そう」

ツキミとユキミに指示を出すと、二人まとめて攻撃されないように左右から接近する。

「【飛撃】！」

ユイが振り抜いた大槌から衝撃波が放たれ、真っ直ぐにサメに向かっていく。しかし、サメはすいっと空中を泳ぎその攻撃をするりと回避すると、より接近していたマイに対して凄まじい勢いの水を放つ。

「【巨人の業】！」

それに対し、マイは回避行動をとらずに二本の大槌を大きく振りかぶってから振り抜く。それはサメの放った水と真っ向からぶつかると、白いエフェクトを発生させ、大量の水をサメに向かって跳ね返した。

「ナイスお姉ちゃんっ！　ユキミ！」

ユイはユキミを走らせると、水流が自分に返ってきて怯んでいるサメの胴を真下から大槌で叩き上げた。それはサメの体を文字通り爆散させ一撃で消滅させる。

「やった！　お姉ちゃんナイス反応！」

「そう、かな？　……よかった」

マイとユイ二人がメダルで手に入れた新たなスキル。それは相手の攻撃が自分に与えうるダメージを自身のＳＴＲが上回っていれば、ダメージを無効化し攻撃を跳ね返すというものである。二人が受けうるダメージは防御力が皆無なためかなりのものだが、攻撃力はそれを上回る。確定のカウンターとはいかないが、二人の能力を生かせる上、最後に試せる防御札でもある。相手の切り札を跳ね返せれば、戦局は一瞬のうちにひっくり返せるだろう。

基本はツキミとユキミの移動速度を生かして回避を試み、当たる直前には撃ち返しに切り替える。

五層に出現するイベント限定モンスターに、二人のＳＴＲを超える攻撃ができないことは既に確認済みである。二人は反応できさえすれば、問題なくどの攻撃でも撃ち返すことができるのだ。

二人はドロップした素材を拾うと、近くの高い雲の壁に寄りかかって少し休むことにした。

「選んだ時はちょっと不安だったけど……ちゃんと撃ち返せるみたいでよかった」

「うん！　私達の攻撃力なら大丈夫そう！」

他のプレイヤーが使っても、一瞬隙を生み出せるかどうかというスキルだが、二人ならボスの大技すら返して利用することができるだろう。

「また次のメダルのことも考えておかないと！」

【楓の木】が優秀な成績を収め続けていることもあり、二人は定期的にスキルやアイテムを取得するためのメダルを手に入れることができている。そんな今ならば、次のメダルで欲しいスキルのことを考えてもいい訳だ。

「そうだね……強いスキルはたくさんあるし」

「うんうん！　でね、ちょっと考えたんだけど」

「うん。なあに？」

ユイはそう言って話し始める。二人は今まで同じスキルを選んできた。お揃(そろ)いという意味もあるが、ステータスの関係上、二人が求めるスキルや相性のいいスキルは全く同じものになる。ここまで同じスキルを選んできたのはそれが自分を強化するための最善策だったからだ。

「お姉ちゃんと二人で戦うことが一番多いし、二人で連携プレーができるようなスキルを取るのもアリだなって！」

二人の個々の戦闘能力は十分高まっている。前回のイベントの予選で、うまく好成績を残すことができたことで自信がついたのだ。

「うん、いいかも。不意をつけるかもしれないし……」

第四回イベントでドレッドに一撃を加えた時も二人の力を合わせてのことだった。息の合った攻撃が自然にできるなら、連携を強化すればより強くなれるだろう。

「それなら……私はユイの攻撃を上手(うま)くサポートしてあげたいな」

「じゃあ私がきっちり攻撃する！」

二人の攻撃は一発当たれば十分なのだ。そして、そうと決まれば新たなスキル探しである。

「サリーさんがやってたみたいに、いい感じのスキルはチェックしておいたんだ！」

「ふふ、メダルが集まるのはもうちょっと先だけどね」

「フィールドで探すのはいつでもできるし、うーん……しばらくはそっち優先かなあ？」

「それだと……ふふっ、結局二人とも同じスキル手に入っちゃいそう」

二人とも手に入る分には、どちらからでも連携プレーをスタートさせられるため問題ないとユイは答える。その上で相手が反応できない隠し球として、メダルスキルを使うのである。

「じゃあもう一回モンスター探しに行こう！」

「うん、そうしよっか」

「うわぁぁっ⁉」

「「⁉」」

二人がそう言って立ち上がろうとしたところで、唐突に上から声が聞こえてきて、二人はぱっと声のした方を見る。そこには雲の上部から落下してきている人影があり、二人は慌ててそれを受け止めようとツキミとユキミを走らせて真下で待機させるが、人影は地面に激突する少し手前で逆さまになって空中で停止する。重力が存在しないかのように空中で姿勢を整える中、それの後を追ってもう一人ふわりと人影が降りてくる。

「ふぅ……あ、危なかったっす」

「目の前が地面かどうかは確認してください……」

空から落ちてきて、そのまま空中で二人話しているのはベルベットとヒナタだった。ヒナタの重力制御によって落下死を避けられたベルベットは、受け止めようとしてくれていたマイとユイの方を見ると、ぱっと笑みを浮かべて大きく手を振り、ヒナタに地面へと降ろしてもらう。

ストンと着地したところで、ベルベットは少し照れた様子で話し始めた。

「いやー、びっくりさせちゃって悪かったっす」

「いえ、全然！　大丈夫です。えっと、もしかしてベルベットさん……ですか？」

「ん？　そうっすけど……あぁ、【楓の木】の。メイプルから聞いたっすか？」

「はい」

マイとユイは偶然の出会いに感謝しつつ、【thunder storm】の話を聞いた時から尋ねたかったことを聞いてみることにした。

メイプルから聞いた限り、ベルベットとヒナタは連携しての攻撃が得意な二人組であり、ちょうど今二人が考えていた連携についていいアイデアを持っているのではないかと思っていたからだ。

メイプルとサリーも連携を得意としているが、あの二人はどちらも他が真似できない強みを前提としているため、あまり参考にはならない。

マイとユイが話の流れで相談すると、ベルベットはうんうんと頷いた。

「なるほどー、連携っすか」

「基本は……強力なスキルに合わせるとやりやすいですね」

「そうっすね！　私達だと動きを止めてくれるヒナタに私が合わせるっす！」

「やっぱり……役割分担ですか？」

「えっと、私はそれが分かりやすいと思います」

やはりそうかと、二人はそれぞれ新たなスキルの取得を考え始める。

「でも、私達とお二人は違うっす！　お二人にはお二人なりの戦い方もあると思うっす！」

そもそも武器も違えば戦闘スタイルも真逆の二人と、全（すべ）てが一致している二人なら目指すべき方向も変わってくるだろう。

「ううん、難しいね……」

「そうだね、お姉ちゃん」

「そうっす！　なら一度私達が戦ってるところ見るっすよ。そうしたら何か閃（ひらめ）くかもしれないっす」

ベルベットは代わりにマイとユイが戦っているところも見たいと提案し、二人はそれを受け入れた。

「それに、一気に討伐数を稼ぐ方法も一つ教えるっす！　助けようとしてくれたお礼っすね」

「あ、そこまでは……」

「私達は素材もある程度集まったっすから。ちょっと特殊なやり方だし、そもそも全プレイヤー協力してのイベントなんだから、他が討伐数を伸ばしてくれるのはいいことっす」

「確かに……それもそうですね」

もう素材も集まっているというベルベットとヒナタに二人は驚く。マイとユイはこの提案を受け入れると、ここから近いという、一気に討伐数が稼げる場所まで四人で向かうのだった。

ツキミとユキミは雲の地面を飛び跳ねるようにして進んでいく。ベルベットとヒナタが一緒に乗っていくことによって、本来存在する移動速度の差も気にする必要がない。

「んー、やっぱりいいっすねー」

ベルベットは風を感じながらふさふさとしたツキミの毛皮を撫(な)でる。

「ベルベットさんは、どんなテイムモンスターを選んだんですか？」

「私っすか？　ふふふ、秘密っす！」

「ギルドの皆さんからも言わないように言われてるんです……すみません」

すでにマイとユイは、サリーから二人のテイムモンスターを見たものが誰(だれ)もいないと聞かされていた。ただ興味があったというだけだったため、それ以上深く聞こうとはしない。

「誰も見たことないんですよね？」

「ないはずっす！」

ベルベットはそう断言する。マイとユイも、テイムモンスターに強力なものがいるのは、【楓の木】のギルドメンバーのそれを見て重々承知している。複数スキルを持っていることがほとんどなため、それが知られていないのは大きなアドバンテージであり、大規模な対人戦まで温存しようとするのはおかしなことではない。

「っとと、そろそろっすよ。熊に乗るのは初めてで楽しかったっす！」

四人の前に現れたのは、雲の地面に開いた大きな穴である。

ここがベルベットの目指していた目的地らしく、マイとユイが淵(ふち)に立って中を覗(のぞ)き込むと、真っ白な壁に所々足場が突き出ており、それを飛び移りながらゆっくり降りていく必要がありそうだった。

その途中にもモンスターはいるようで、足場周りには黒い雷雲や限定モンスターである魚群がいるのが見えた。

「ここを降りた下にダンジョンがあるっす」

そのダンジョンに入るまでは気をつけて降りていくしかないのだと、マイとユイは気を引き締める。この不安定な足場では上手く戦えないうえ、モンスターも多いからだ。

「じゃあ行くっすよ。ヒナタもお願いするっす！」

「大丈夫です。【重力制御】」

ヒナタがスキルを発動すると一瞬四人の体を黒いエフェクトが包み、直後ふわりと宙に浮き上がる。

「スキルの効果中は浮いていられます……移動速度は遅いですが」

ヒナタとベルベットについていく形で、穴の中央まで来た二人が下を見ていると、隣から声がかかる。

「ここは任せてほしいっす！　【雷神再臨】【嵐(あらし)の中心】【稲妻の雨】【落雷の原野】！」

ベルベットが連続でスキルを宣言するのに合わせて、ベルベットの周りに落ちる雷の量が増加していく。この領域に敵が足を踏み入れれば、即座にその身を焦がすこととなるだろう。

「じゃあ行くっすよ！」

言い放ったベルベットは、大穴の全てを落雷領域で覆えるように中央に位置取る。

そして、次に取る行動はゆっくりと降りていくだけである。

「これも効率いいっす！　あ、でも安心してほしいっす。もちろんこれだけじゃないっすよ！」

この戦術が簡単に真似（まね）できるものではないと自覚しているベルベットは、マイとユイに向かって笑いかける。

「私達に……真似できるかな……？」

「ちょっと不安になってきたかも」

ヒナタによって空中に浮かぶ四人は、周りで強力な雷によって無慈悲に無差別に倒されていくモンスター達を見つつ、ゆっくりとした速度で底を目指して降りていく。

正規のルートでは苦戦するのだろうが、ベルベットのおかげで戦闘らしい戦闘も起こらず、底まであっさり辿（たど）り着（つ）けてしまう。

四人は落雷を解除すると、途中雷に撃たれて死んでいったモンスター達が落とした素材を拾い集め、ダンジョンとなる横に伸びる通路の方に向き直る。

「これだけでも結構集まるっすよ！　普段は一気に飛び降りるっす！」

凄まじい速度で落下していたとしても、重力を操れるヒナタなら地面に激突する前に停止させることができる。すぐに通り抜けてしまうため、雷攻撃の威力を低下させるモンスターは生き残ってしまうが、今回の本命は倒しやすい魚群なため問題ない。

ここならベルベットとヒナタの能力を上手く利用して、素早く大量のイベントモンスターを倒すことができるというのは、うなずける話だった。

「早く倒せるところを結構探したっす！　ここの縦穴は一番っすね！」

普段はモンスターの再発生を待って何度も落下を繰り返すが、今回は奥へと進む。マイとユイに戦っているところを見せるというのも目的なのだ。さらに、奥にも効率のいい場所があるらしく、今回目指すところはボス部屋ではなくそこになる。

「あ、でも私達は守るのはそこまで上手くないっすから、気をつけてほしいっす！」

「メイプルさんみたいにできる人は……他にはいないでしょうし」

「「はいっ！」」

ベルベットとヒナタは防御能力より攻撃能力に優れている。【カバー】や【身捧ぐ慈愛】のようなスキルで、他人をかばってダメージを受けるのに適したプレイヤーではないのだ。

雲の通路を歩いていくと、いくつもの道に分かれており、モンスターもちらほら存在する。通路という地形の構造上、雑魚モンスターは通路を埋め尽くすベルベットの極太の電撃か、マイとユイの【飛撃】による衝撃波を回避できず一瞬で消し炭になってしまうため連携も何も必要ないのだ。

そうしてしばらく進んでいたところ、曲がり角からすいっと大型のモンスターが現れる。

「あ！　カジキっす！　ヒナタ！」

「大丈夫……【重力の枷】【思考凍結】」

ヒナタの声とともに地面から伸びた黒い鎖がカジキの体を固め、地面を吹き荒れる冷気はスキルを封印する。何もできなくなったカジキに向かってベルベットが雷を纏って一気に接近すると、体を縮めて真下に潜り込む。

「【重双撃】【轟雷】！」

電撃を纏った重い二連撃がカジキに突き刺さり、電撃が弾ける。直後ベルベットの周りの地面が一瞬光ったかと思うとそのままベルベットを中心に電撃の柱が発生し、カジキを貫き消しとばした。

「ふぅ……ヒナタ、ナイスっす！」

「上手くいきました」

マイとユイは一瞬のうちに何もできないまま消滅したカジキを思い出しつつ、二人の息の合った連携プレーを振り返る。

「ふふん、どうっすか？」

「すごかったです！　息ぴったりで！」

「改めて言われてみると照れるっすねー。連携の動きはやっぱり最初に決めておくといいっすよ」

事前に準備しておいたものからしかいい連携は生まれない。ベルベットとヒナタのこの動きはほとんど全ての対人戦、対モンスター戦において有効であり、繰り返し繰り返し使ってきたものだ。

動き出しがスムーズで、それぞれがすべきことの決定までが凄まじく早い。

「カジキはダメージを与えるスキルを無効化してくるっすから、ヒナタに動きを止めてもらわないといけないっすね」

「それと目的地のモンスターハウスでくらいしか……やることないです」

「連携プレー……」

「うーん」

改めて二人の戦闘を見てみると同じ壁に当たってしまう。役割分担ができない二人では今のような連携はできないだろう。

「サポートしてくれる人は大事っすから！　実際ヒナタがいれば攻撃役は私じゃなくてもいいっすからね」

ヒナタが、とはいえ相性はあるとベルベットに返している。こうなってくると考えれば考えるほど補助的なスキルを身につける必要があるように思えてくる。

結局そこに行き着くのかと連携について考えながらダンジョンを歩くマイとユイは、何度か二人の鮮やかな連携を見ているうちに目的地にたどり着いた。そこはボス部屋のように広くなっている場所で特に何もないように見える。

「真ん中まで行くっす」

「「分かりました！」」

　全員で中央まで歩いていくと、周りの床が変色し、大量のモンスターが湧き出てくる。

「トラップで大量のモンスターが発生するっす！　……限定モンスターも含んでるっす！」

　一気にモンスターが湧くというトラップなため、湧き出るモンスターに含まれる魚達も大量に発生する。倒せるのであれば歩き回るよりもここでトラップを踏む方が効率はいいというわけだ。

「【コキュートス】！」

　モンスターの発生が終わると同時に、ヒナタは何もさせないままそれら全てを氷漬けにする。

「さあ、全力で叩くっす！」

「「はい！」」

　雷撃と一撃必殺の大槌が好き放題にあたりを蹂躙する戦場において、解凍が間に合うことなどあり得ないのだった。


　戦闘が終わり、ダンジョンから脱出した四人はここで別れることになった。

「少しでも何か参考になったならいいんすけど」

「同じ戦い方は難しいです……お二人のものを見つけられれば」

「はい！」

「ありがとうございます」

「強くなって、戦うのも楽しみにしてるっす！」

ベルベットにとってこれはただ親切をしたというわけではない。二人が強くなれば、その分いつかの対人戦で戦うことになった時もっと楽しめるからだ。

手を振って離れていく二人を見送ってマイとユイは顔を見合わせる。

「……どうしようか」

「うーん、やっぱりどっちかがサポートできるスキルを取るとか？」

「私達の強みを生かす……」

「私達だけの……」

「「…………！」」

二人は目を閉じて悩んでいたが、何か思いつくことがあったのか目をパッと開くとメッセージを送ってギルドホームへと向かうのだった。

◆□◆□◆□◆□◆

ギルドホームへとやってきたマイとユイを待っていたのはメッセージを受け取ったメイプルだった。サリーと二人で石像を繰り返し倒していたところに二人からの連絡が届き、切り上げて五層のギルドホームにやってきたのだ。

「あ、きたきた！　どう、そっちは順調？」

「はい！　五層なら見晴らしもいいので安全に戦えてます」

「さっきまではベルベットさんとヒナタさんと一緒にダンジョンに……」

「あの二人と？　珍しい組み合わせだね」

不思議そうにするサリーにマイとユイはなりゆきを説明する。そして、そこでの効率的な討伐数稼ぎについても二人に詳しく話した。

「なるほど……私達でも再現できそうだね。落ちるのはメイプルがいればいけるし、モンスターハウスもそうだし。確かにフィールドを歩き回るより効率もいいね。ちょっと盲点だったな」

「じゃあ一緒にモンスター退治だね！」

「あ、えっと手伝って欲しいのはまた別のことで！」

メイプルは助けて欲しいことがあると二人に頼まれていたため、話の内容から【身捧ぐ慈愛】を使っての防御役になって欲しいのだろうと考えたのだ。

「助けて欲しいのは……」

マイがそう切り出して二人に助けて欲しいことの内容を話していく。それを最後まで聞いたところでメイプルは大きく頷(うなず)いた。

「うん！　いいよ！　任せて！」

「……ごめん。私は手伝えないかな……メイプル、頑張って」

サリーは申し訳なさそうにそう返すと、ここで別れてモンスター討伐に戻ることに決める。

「うん、サリーもモンスター討伐頑張って！」

「ありがとう。じゃあ三人とも、いい報告を期待してるね」

「「はいっ！」」

目的が決まったところで早速行動だと、三人はギルドホームを後にする。

目指すのは六層である。そこはイベントモンスターの出現率があまり高くないように設定されているのか、魚達もいないので、それを倒すプレイヤーもいない場所がある。代わりに大量の幽霊が出現し、サリーが協力できなかったのはそのためだ。

「ここですか？」

「うん！　合ってるはず！」

そしてイベントモンスターが出にくい場所であるなら、目的は最早イベントとは何一つ関係のないものだということは明らかだった。

「こういうイベントの時は、イベント以外のことをするのもいいしね！」

メイプルが人の姿を留めなくなったのも似たような討伐イベントの時である。イベントだけに注力しなくてはならない訳でもないのだ。

「あとは前の時と同じようにするだけだから、えーっと……」

メイプルは口元に手を当てて前の時とやらを思い出して頭の中で再現していく。

「うん！　とりあえずおんなじようにやってみよう！　それで上手くいかなかったら上手くいくまでやろう！」

「「ありがとうございます！」」

「二人が強くなるために頑張っちゃうからね！　絶対『救いの手』手に入れよー！」

メイプルがそう言って手を突き上げると、二人も同じように意気込む。

そう。今回の目的はメイプルが手に入れていた『救いの手』をマイとユイが取得することである。

マイとユイはベルベット達との攻略を通して自分達の能力を活かす方法を考え、一つの結論に至った。攻撃を当てるのに必要なのは互いに様々なスキルを取ることでも、低い機動力を多少なりとも高めることでもなく、単純に大槌をより増やせばいいのだと。一本から二本になった時、命中率は格段に上がった。であれば二本から四本になれば同じことが期待できるだろう。

「まずはえーっとこの辺りの幽霊をどんどん倒していって、そうしたら青い幽霊が出てくるから、それについていけばいいはず！」

「分かりました！」

「しっかり除霊で倒してね」

「えっと……？」

マイが特別な倒し方なのかと首をかしげる。それもそのはず、マイとユイの二人がアイテムを使って地道に一体一体倒すなどということはないからである。大槌を振るえばダメージが軽減されてもなおモンスターを撃破することもざらな二人は、アンデッド系特攻アイテムのお札などには馴染みがないのだ。

メイプルは改めて説明すると、手持ちのお札を二人に渡す。大量に購入したうえ使い所も限られているためあまりにあまっていたのだ。

「前はこの山中の幽霊を全部除霊したら、青い幽霊に会えたんだよ。それがキーモンスター」

「山中の幽霊全部……⁉」

メイプルもかなりの時間をかけたと聞いているため、マイとユイは長丁場になりそうだと気を引き締める。

「でも今回は三人だから大丈夫！」

「三人だから？」

「うん、ちょっと待ってね！」

メイプルは開けたところでシロップを呼び出すと巨大化させ、いつものように背中に乗るとスキルを発動させた。

「【天王の玉座】！」

真下にいるマイとユイの周りの地面は【天王の玉座】と【身捧ぐ慈愛】によって輝いており、この範囲内にいる限り安全と言えるだろう。

「【天王の玉座】があれば幽霊は何もできないんだけど、一人だと除霊と一緒にできなくて」

「だから三人ってことなんですね！」

森の中を巨大化したシロップで進むことはできないため、前回は玉座を出したり戻したりして再使用できるまで待たなければ場所を移動できなかった。しかし、除霊をマイとユイに任せてメイプルが真上から有利なフィールドを展開する役割に徹すればどんどんと除霊を進めることができる。

「木のちょっと上を飛んでいくから、動く時は声をかけて！」

「「分かりました！」」

「よーし！　じゃあ早速やろう！」

役割分担も完璧、除霊役も一人でやっていた時の倍なだけあって三人での除霊はスイスイと進んでいく。メイプルが展開する『悪属性封印』のフィールドは広く、マイとユイもテイムモンスターによって機動力を確保しているため、フィールド内を素早く除霊しては移動を繰り返すことが可能になっていた。

そうしてしばらく山の中を回り、幽霊を見かけなくなったころ、ツキミとユキミに乗って地上を行く二人の前にメイプルが言っていた青い幽霊が姿を現した。

「お姉ちゃん、あれじゃない？」

「うん……メイプルさんに確認してもらおう」

上空にいたメイプルは二人から呼ばれると、周りに幽霊がいないことを確かめた上で、玉座から立ち上がってシロップから飛び降りる。

「よっと！　えっとどこどこ？」

「あれです！」

「うん！　合ってるはず！　後はついていけば大丈夫！」

メイプルはこの後も戦闘があると知っているため、シロップは上空に飛ばしたまま、ユキミに乗せてもらって三人で青い幽霊についていく。

こうして以前と同じ山頂の十字架の前までやってくると、準備を整えて続くイベントを待つ。

「「わっ!?」」

「きたっ！」

十字架の目の前で立っていた三人の足元から手が伸びてきて、三人を真っ暗な空間へと引きずり込む。

そうして、強制的に戦闘フィールドに放り込まれた三人の前に大きな赤い幽霊が現れる。メイプルが六層攻略時に出会ったものと同じく、暗い空間の中に浮かぶ裂け目から上半身が飛び出しており、長い腕がだらりと伸びている。

「一人だと苦戦したけど……二人がいれば大丈夫！【鼓舞】！　シロップ【赤の花園】！」

メイプルは隣のシロップに乗ると、そのまま急いで玉座に座り相手のスキルを封じ込め、さらにマイとユイが与えるダメージを引き上げて万全の態勢で待ち構える。

「「【決戦仕様(デストロイモード)】！」」

戦闘が待っていると知らされていた二人は、この空間に入る前に、【ドーピングシード】を含む大量のアイテムを使い【ＳＴＲ】を限界まで上げてある。最後の仕上げとばかりにスキルを使い、幽霊を攻撃する時用の炎属性付与アイテムで大槌(おおつち)を燃やすとゆっくりと迫ってくるボスを待って大槌を振りかぶる。

「やっちゃってー！」

「「【ダブルインパクト】！」」

伸びてきた幽霊の両腕に二人がそれぞれ二本の燃える大槌を叩(たた)きつける。それはまるで幽霊の赤い体がそのまま爆発したかのような、凄(すさ)まじい量のダメージエフェクトを発生させる。

かつてメイプルがお札や塩でちまちまダメージを稼いで倒せたことから察せられるように、このモンスターのＨＰは低めに設定されている。そんなモンスターにフルパワーのこの二人が殴りかかればどうなるか。

ダメージエフェクトを上書きするように全身が光に変わり、メイプルを苦しめたボスは一瞬のうちに消し飛ばされることとなった。

「おおおっ！　流石(さすが)マイ、ユイ！」

「上手くいきました！」

「はい……よかったです！」

三人が喜んでいると真っ暗な空間に魔法陣が一つ現れる。

「あれ？」

「どうかしましたか？」

「うーん、前はこの後真っ白い場所になって……そこでペンダントを貰ったんだけど……」

しかし今、三人の目の前にあるのは帰還のためのこの魔法陣だけだ。

これでは目的の装備品を手に入れることができない。メイプルは前との違いが何かなかったか、うんうんと唸りながら考える。

「えーっと、前は私一人だったから戦闘も長くて、最後にいっぱいスキルを使って……お札を貼って……」

「それじゃないですか？　ボスの倒し方にも条件があるのかもしれないです！」

ここに来る時も大量にお札を使って除霊をしたのだから、ボスの倒し方にもそれを求められている可能性はあった。

「そっか！　それもそうだよね！」

「ということはお札で倒すためのＨＰを残さないと駄目……ですよね」

「うぅ、一回でできるといいんですけど」

二人は今回は全力中の全力で攻撃してボスを木っ端微塵にしてしまった訳で、ここからは調整してボスのＨＰを残すことが目標となる。二人にしか発生しないであろう問題点だが、なかなか深刻でもある。

パターン変化が起こると互いの位置を把握できなくなり、さらにこのボスはメイプルに対する有効打を持っているため、不意打ちから各個撃破されることもあり得るのだ。

決めるなら一瞬のうちである。

「時間があるし、何回も試せば大丈夫！　倒しちゃったとしても、それなら私達は安全なんだし」

「「はい！」」

こうして三人は、手心を加えてボスのＨＰをほんの少しだけ残すことができるように、試行錯誤を重ねるのだった。

◆□◆□◆□◆□◆

そうして何度も挑戦し、ちょうどいい攻撃力になるまでじりじりとバフを減らしていき、三人はほんの僅かにボスのＨＰを残す手加減に成功した。

「準備おっけー！　そのままやっちゃって！」

「「はい！」」

ボスが次の行動に移る前にマイとユイの二人がお札を素早く貼り付けると、ボスはそれによってＨＰがゼロになり消滅する。初めて想定通り上手くいった三人がその後の展開をハラハラしつつ待っていると、真っ暗な空間は崩壊していき、メイプルが言っていた通りの真っ白い空間が広がっていく。

「やった！　成功だよ！」

上手く初回を再現することができたと喜ぶメイプルは、ぱたぱたと走って十字架の前まで近づいていく。

するとメイプルが『救いの手』を手に入れた時と同じ演出が発生して、気づいた時にはパーティーリーダーであるメイプルの首にペンダントがかけられていた。

「えっと……うん！　ちゃんと同じ装備みたい！」

メイプルは首からそれを外して名称を確認すると、それを二人に向けて差し出す。

「まずはユイからお願いします」

「いいのお姉ちゃん？」

「うん。ふふっ、早く欲しそうだし」

ユイはそう言われると素直に『救いの手』を受け取って早速装備してみる。

「えっと、よしっ！　これに武器を……」

ユイが両側に浮かんだ腕に大槌を装備させると、無事片手ごとに一本の大槌を持つことができた。

両脇にはゴツゴツとした水晶でできたハンマーが浮かんでおり、ユイはそれを操作してみる。

「わっ！　難しいですね！」

「うん、細かい動きとか、何かをしながら動かすのとかは私もまだ上手くできないんだ」

だが、二人には細かい動きなどは必要ない。適当に振り回して当たればそれで全て（すべ）は終わるのだ。

「じゃあ次はマイの分だね！　……？」

「はい！　……どうかしましたか？」

何か当たり前のことを見逃していたというような表情をしているメイプルを見てマイは首を傾（かし）げる。

「うん、一人で来た時はすっごい苦戦したしもう来ないと思ってたから考えてなかったんだけど……こういうのはどう？」

メイプルが二人にある提案をすると、二人も言われてみればそれもそうだと頷（うなず）く。

「よーし！　そうと決まれば早速やろう！　まだまだ頑張らないとだよ！」

「「はいっ！」」

こうして三人は一旦（いったん）このボス部屋から出ていくのだった。

それから数日。
イベント限定モンスターを倒したことによって、手に入れた素材を使って作ることができるアイテムを一つずつ作りながら、イズはのんびりと工房で時間を過ごしていた。

「ふぅ、こんなものかしら。レアドロップの素材から作れるのは水中探索が楽になる系のアイテムが多いわね。当然といえば当然だけれど、この先の層と何か関係あるのかしら？」

わざわざ新規追加したのだから何か使い道を用意しているのだろうとイズは考える。といっても現状特にこれといった答えは出ないが、それでも順当にフィールド上の海や湖の探索に役立てればいいだろう。

「討伐はある程度皆に任せようかしら」

そうして一休みと工房の椅子に座ったところで外から声がかかった。

「「「イズさーん！」」」

工房にやってきたのはメイプル、マイ、ユイの三人だった。三人が急げるだけ急いで来たことと、何か頼みごとがあるのだろうということをイズはその様子から察する。

「ど、どうしたのそんなに急いで？」

「マイとユイの武器を作って欲しくて！」

「武器？　もしかして壊れたのかしら。少し前に整備したばかりだからまだ大丈夫かと思ってたのだけれど……もちろんそれ自体は大丈夫よ」

「ありがとうございます！」

「えっと……私とユイの分の大槌を六本ずつお願いしたいです」

「ろ、六本ずつ⁉」

耐久値を一気に減少させるようなモンスターとでも戦ったのかと一人推測する中、予想していなかった説明を三人から受けたイズは目を丸くする。

「ち、ちょっと待って？　話が見えないわ」

イズがそう言うとメイプル達も言葉が足りなかったと理由を説明する。

「うーん、見た方が分かりやすいし……」

メイプルがそう言ってマイとユイに目配せをすると、マイとユイは装備を変更していく。そうして二人の周りに浮き出てきたのはそれぞれ六つずつの白い手だった。

イズもそれを見て何があったかを察する。

そう、装飾品は一人三つまで装備できる。であれば【ＳＴＲ】を伸ばす装備品をつけている枠を全て『救いの手』に変えて武器を二本装備することに何の問題もないだろう。テイムモンスターと切り替えながら戦う必要はあるが、二人はこれで夢の即死級大槌八本持ちが可能になったのだ。

「理解が追いついたわ……少しくらくらするけれど。ええ！　もちろん合わせて十二本、性能も一級品なのを作ってみせるわ」

「「ありがとうございます！」」

「じゃあ完成したら試しに行こう！」

「「はいっ！」」

それを見たら他のプレイヤーはいったいどう思うだろうと、イズは一人その光景を想像するのだった。

３３５名前：名無しの大剣使い
イベントをそれなりにこなしてるがそこまで張り詰める必要もなくて気楽だな

３３６名前：名無しの弓使い
どこの層が効率いいとかある？

３３７名前：名無しの槍使い
層っていうよりは場所ごとだろ
湧きがいい場所とか倒しやすいところとかどの層にもあるしな

３３８名前：名無しの弓使い
遠距離主体だから囲まれない程度のところでやってるしいまいち効率がなー

× 12

339名前：名無しの大剣使い
まあでも全員で目標達成目指すタイプだし多少は大丈夫だろ

340名前：名無しの魔法使い
やあ

341名前：名無しの槍使い
……不穏なやあだな

342名前：名無しの大剣使い
分かる

343名前：名無しの弓使い
これは何かあった時のやあ

344名前：名無しの魔法使い
すげぇもん見た

345名前：名無しの槍使い
イベントモンスターですか？
それともモンスターみたいなプレイヤーですか？

346名前：名無しの魔法使い
モンスターみたいなプレイヤー

347名前：名無しの弓使い
名前がメから始まる？

348名前：名無しの魔法使い
部分的にそう？

349名前：名無しの大剣使い
？？？？？

350名前：名無しの魔法使い
端的に言うと
マイちゃんとユイちゃんが大槌(おおつち)八本持ちになってた

351名前：名無しの大剣使い
？？？？？？？？？？？？？？？？？？？

352名前：名無しの弓使い
意味不明の言葉

353名前：名無しの大盾使い
聞いてねー俺は全く聞いてねー
ここ何日か黙々と狩りしてたからな！
ちょっと様子見てこないと……メイプルちゃんと何かしてたっぽいし

354名前：名無しの槍使い
魚の栄養が豊富だったのかな？　経験値いっぱい手に入れて……

３５５名前：名無しの大剣使い
レベルアップで武器は増えないが？　増えないが？

３５６名前：名無しの魔法使い
遠目にちらっと見て黒と白の塊がぐるぐるしてるなあと思ったら人間だった

３５７名前：名無しの槍使い
そもそも過剰火力だろ
仮想敵何？　あの二人がそんなことしたら何もかも一瞬で塵（ちり）でしょ

３５８名前：名無しの大盾使い
すくすく育って……みんなすごいなあ

３５９名前：名無しの大剣使い
ボスがかわいそう

360名前：名無しの弓使い
躱（かわ）せば何とか……

361名前：名無しの大盾使い
表面積の暴力だろ
見てないしよく仕組みは知らんがあのデカさの塊のどれかに当たったら致命傷だぞ
それが八つ？　おいおいおい

362名前：名無しの魔法使い
大槌八つ並べてぐるぐる～
モンスターぱりんぱり～ん

363名前：名無しの槍使い
異常事態に脳がとろける

364名前：名無しの弓使い
ぐるぐる～じゃないんだよな

死を撒き散らしてるんだよな

365名前：名無しの大盾使い
いやあメインアタッカーは頼もしいなあ！

366名前：名無しの大剣使い
今までも十分頼もしかったでしょうに
おお……もう……

三章　防御特化とボスラッシュ。

　マイとユイは再び五層でイベントモンスターを倒しつつ、八本になった大槌を振り回す練習もすることとなり、メイプルはサリーに事の顚末(てんまつ)を話していた。

「なるほど……確かにあの二人なら上手(うま)く使えそうだね。何を倒すつもりなんだって聞かれたら困るくらいだけど……」

　マイとユイのステータスの都合上、サリーやカスミが武器を増やすのとは訳が違う。二人には細かい操作が必要ないため、扱いの難しさというデメリットを無視して、武器が六本増えたことをただメリットとして受け取れるのだ。

「そうなるともうパーティーとしての攻撃力は気にしなくて良さそうだね。武器が増えて【STR】もまた跳ね上がるだろうし……」

　今までも対ボス最終兵器として凄(すさ)まじい貢献をしてきたマイとユイだが、それもついにここに極まったと言えるだろう。

「パーティーとしての動きを考えるなら、二人が倒しにくい相手のことを考えた強化もしていきたいね」

「ふんふん」

「例えば動きが速すぎるとか、射程内に入れないとかね」

そうしてサリーはいくつか例をあげるが、どれも攻撃に関わるものばかりである。それは当然、二人を守ることに関してはメイプルがいるからだ。【身捧ぐ慈愛】や【天王の玉座】はマイとユイの防御能力の低さを容易にカバーできる。性能的には、これ以上を求める必要がないほどに完成されているのである。

「元々噛み合ってたけど、三人全員が強くなって相乗効果で手がつけられないって感じ」

サリーは次の対人戦でいくつかに分かれて行動する機会があれば、やはりこの三人を組ませるのがベストだと頷く。

「連携プレーもあった方がいいかな？」

「うん。咄嗟の時の動きって積み重ねで良くなるし」

「サリーは凄い動きできるもんね」

「VR自体結構やったし。積み重ねってやつだね」

もちろん【AGI】の違いもあるが、サリーの動きのキレはメイプル達のそれとは別格である。根本的な部分、スキルによるものでない能力の差が確かにあるのだ。

「ふふっ、私との連携も練習する？」

「うん！　でも上手くついていけるかな……」

「難しく考えなくていいよ。ほら、私が受けられない攻撃はメイプルが庇（かば）って、メイプルが受けられない攻撃は私が引きつける」

「それでノーダメージを目指すんだよね！」

「そうそう。メイプルも強い攻撃ができるし、適宜攻撃役を切り替える感じ。防御は相手を信じればいい」

「うんっ！」

サリーはメイプルの防御力を、メイプルはサリーの回避力を信頼し、それを前提として動いている。それはギリギリの勝負において、勝ちを手繰り寄せる強みになるだろう。

「ということで。この後さ、ちょっとダンジョンに行かない？」

「早速連携プレーだね！　いいよー！」

「そう言ってくれると思ってた！」

こうして二人が向かったのは現状最もモンスターの強い七層だった。二人もかなり歩き回りはしたものの、それでもまだ未踏の場所は多い。

いつも通りメイプルを後ろに乗せてサリーは馬を走らせる。

「今回はどこに行くの？」

「メイプルが三人で六層に行ってる間に偶然見つけた場所があってね。ちょっと探索に入ったんだけど、一人では厳しそうだと思って引き返したんだ」

サリーが危険だと感じて引き返したと聞いて、相当難しいダンジョンなのだろうとメイプルは気を引き締める。

「情報とかはあるの？」

「調べた限りだとなかったから、まだ見つかってないか秘密にされてるかのどっちかだね。今知られてたらもっと話題になるだろうし」

「？」

「行けば分かるよ」

森を抜け、荒地を越えて、山を登り、二人はある渓谷の上までやってきた。

下を覗き込んでみると両側は切り立った岩壁となっており、所々壁に開いた穴と穴を岩の橋が繋いでいる。さらに凶暴そうな鳥のモンスターがあちこちで奇怪な声を上げて鳴いており、渓谷での行動を妨害してくるだろうことは間違いない。メイプルにも渓谷の両側を行き来しながら攻略していくのが正攻法であることは見てとれた。

「一番下まで降りたらいいのかな？」

「うん。で、そうなると……」

「ジャンプだね！」

「そう、それが最速」

シロップに乗ってゆっくり降りる必要すらない。一番下にたどり着きたいなら、メイプルがサリーを【身捧ぐ慈愛】の範囲に入れつつ、二人で飛び降りればいいのだ。モンスターも流石に真っ逆さまに落下していくプレイヤーには追いつけない。

「まあ、でも真っ直ぐ底まで行く降り方は私も試したんだ」

「そっか、サリーも糸とか足場作ったりとかできるもんね！」

サリーの空中での機動力はかなり高く、一気に底までとはいかないものの、これだけ壁や足場に恵まれた場所であれば問題なくモンスターに対処しつつ降りきることができる。

「で……上手くいくといいんだけど……メイプル、ちょっとこっち来て」

「ん？　なになに？」

サリーはある場所を指差す。そこは鳥のモンスターが少し多く、代わりに足場となる岩の橋もいくつもかかっている場所だった。高度に違いはあるが、上手くやれば飛行手段を持たないプレイヤーでもショートカットができそうだとも言える。

「あそこ、特殊条件を満たすとゲートが開く」

「えっ⁉」

「改めて真上から見ると、高さが違う橋が輪っかになって見えるんだよね」

「本当だ」

サリー曰く、その輪に見える部分の内部で基本の魔法を全属性分発動させることで転移するとのことだった。

「すごーい！　そんなのどうやって気づいたの？」

「モンスターが多いし、足場も不安定だから回避と迎撃の練習にちょうどいいかなって、そしたら偶然ね」

自分にはどうやっても真似できないことのため、メイプルは流石サリーだと頷く。

「本題はその先だからね」

「分かった！」

メイプルは【身捧ぐ慈愛】を発動させるとサリーと体を密着させ、飛び降りる準備を整える。

「いい？」

「おっけー！」

「「せーのっ！」」

二人が地面を蹴って身を投げると、そのまま底に向かって真っ直ぐに落ちていく。

「よし、行くよ！」

「うん！」

サリーは手際よく全属性の魔法を発動させる。すると、輪の内部に白い光が迸り、二人を包み込んで別の場所へと転移が発動した。

転移と同時に落下による加速も消えて、二人は問題なく転移先の地面に立っていた。

二人が転移してきた場所は円形の広間の中心で、壁には先へ進めそうな通路が放射線状に等間隔で続いている。メイプルが周りを見渡していると、転移してきた時から残っていた足元の光が、地面を照らしながらすっと移動していき、一つの通路を指し示した。

「あっちが正解ってこと？」

「いや、あそこに脱出用の魔法陣があるってこと」

「え？　もう帰れるの？」

「そう。いつでも脱出できるようにっていう訳。……来るよ！」

サリーがそう言うと光が示したもの以外の通路から多種多様なモンスターが次々に這い出てくる。見たことがあるものからないもの、イベント限定モンスターまで、その種類に法則はない。

「とりあえず、ひたすら倒す！」

「分かった！」

サリーが知っているのはここまで。一対多に弱いサリーにとってこの地形と大量のモンスターは相性が悪く、即座に撤退の判断を下したのである。ここの攻略には、相性のいいメイプルの助けが必要だったのだ。

「貫通攻撃もってそうなのから優先で！」

「うん！　【全武装展開】！」

唯一モンスターが出てこない通路があるため、そこを背にして出来る限り安全を確保し、正面への射撃を開始する。サリーはメイプルの射撃を受けてなお進んでくるモンスターの中で危険だと判断したものから順に斬り伏せていく。

「朧【火童子】【渡火】！　【水纏】！　【ダブルスラッシュ】」

サリーは朧のスキルによって炎を纏い、攻撃の度にモンスターに炎によるダメージを与えられるようにすると、さらに【水操術】によって手に入れたスキルで自身に水による自動追撃効果も付与する。

【追刃】も含め、サリーの攻撃を受ければその度に追加のダメージが三回発生する。一つ一つは小さくとも、二本のダガーで素早い連撃を叩き込まれてはひとたまりもない。本来単純な二連撃でしかない【ダブルスラッシュ】でも、双剣により倍の回数攻撃ができるため、十六回のダメージが発生する。ここまでいけば本来のスキルのダメージからかけ離れた数値を叩き出せる。

「どんどん倒すよ！　【捕食者】【毒竜】【滲み出る混沌】！」

サリーが一体ずつとどめを刺していく中、メイプルはサリーの戦闘エリアを避けて遠距離ダメージスキルを使用し、モンスターをボロボロにしていく。本来なら逃げ場のない中央にいるプレイヤーがモンスターに全方位から攻められるというものだが、メイプルにたどり着くには、銃弾の雨を浴び、ダメージスキルに耐えながらサリーと二体の化物を突破しなければならない。メイプルを倒すためにはサリーを突破し、重い一撃を加えなくてはならないが、サリーを倒し道を開くにはまずメイプルを倒さなければならない。

それは強みが物量だけの有象無象には高度すぎる要求と言えた。

スライム、オーク、ゴブリンなどよく見るモンスターの集まりだった一群は次第にその勢いを無くしていき、最後の一体の首がサリーに刎ねられたところで広間はついに静けさを取り戻した。

「すごい量だったね」

「イベントモンスターも交じってたし、ドロップした素材はちゃんと拾っておこう」

部屋中の素材を回収したところで地響きがしたため、二人は通路に入っていくのをやめて一旦距離を取る。通路が先に進むためのものだとしても、モンスターが発生し続けている状況ではかなりの危険が伴うからだ。そうして少しすると通路から再び大量のモンスターが現れる。

「また！　よーしおんなじようにして……」

「うん、もう少し倒して様子を見たい」

何度襲ってきても無駄だとばかりに、二人は再発生したモンスター達を次々に倒していく。その勢いは衰えることなく、ガンガンとモンスターが減っていく。余裕のできたサリーはモンスターに何か特徴がないか考えてみるが、一回目とモンスターの内容は少し違えど、どこにでもいるようなものに変わりはない。

雑魚モンスターの群れが再挑戦したところで、メイプルの元まで辿り着くことができないのは自明だった。貫通攻撃も当てられるだけの距離に入れなければ無価値である。

まさに一回目のリプレイといった様子で、モンスターは全て吹き飛ばされていく。最後に通路から遅れて現れた大きめのゴブリンなどは、サリーが待ち構えて連撃を繰り出したため、手に持った剣を構えることすらできなかった。

「ふぅ、第二波も終わりかな」

「まだまだいけるよ！」

「うん、頼もしい。流石に【身捧ぐ慈愛】と弾幕での数減らしがないと安定はしないだろうし」

サリーが致命傷を与えられるのはあくまでダガーが届く範囲である。一度撤退したのは圧倒的物量で作られた前線を一人で突破し、奥から魔法を撃ってくるようなタイプを撃破するのは難しいと感じたからである。

サリーの回避力もメイプルの防御力もそれを適切に発揮できる状況があってこそなのだ。

「このまま大量にモンスターが出続けるだけなら、イベントモンスターの討伐数稼ぎに最適なんだけど」

「結構交じってるもんね」

「もしずっと同じ感じだったら、モンスターを倒しながら通路を進んでみる必要があるかな」

「分かった。その時はきっちりガードするね」

「うん、お願いする」

果たして次はあるかと少し待ってみていると、地響きがして二人が待っていた変化が起こる。ここで現れたモンスターは今までの二回と比べて、明らかに機械やゴーレムなど無機物的なものが多く、明確な変化があったのだ。サリーはすぐに法則に予想を立てる。

「各層に合わせてるのかな……」

「あ！　そうかも！」

サリーはあまり当たって欲しくはないというような様子でそう口にする。一、二回目は一層二層のモンスターが現れており、三回目は三層のモンスターというわけだ。三層は確かにこういったモンスターが多く、二人の見覚えのあるものもいる。一層から二層と比べて大きくフィールドやモンスターなどに変化があったため、推測もしやすくなったのだ。

しかし、であれば当然そのまま進むのなら六層もあることになる。

「今はこのモンスター倒しちゃおう！　向こうも撃ってくるよ！」

「うん。予想、当たりませんように……」

今後の予測が少し立てられたところで、二人は再びモンスターの群れと向き合う。三層のモンスターと思われる機械兵やゴーレムがわらわらと通路から出てきては、ゆっくり二人に近づいてくる。

「【攻撃開始】！」

メイプルが銃弾を発射すると、金属でできたゴーレムは機械兵に銃弾が当たらないように間に入ってブロックする。面倒なことに、ゴーレムにはメイプルの射撃が効いていないようで、ＨＰバーが減少しない。

「うぅ、やっぱりゴーレム苦手だなぁ」

「こっちも効いてないし、一体ずつ倒す？」

機械兵はその手に持った銃を撃ってメイプル達を攻撃してくるが、ゴーレムにメイプルの銃弾が弾かれるように、メイプル達にも機械兵の銃弾は効いていない。ゴーレムや機械兵は生き残るが、交じっているただのモンスターやそもそも庇ってもらえない飛行機械タイプなどは流れ弾に当たってバタバタと倒れていく。

「じゃあいつも通り、硬いのは私に任せて！【ディフェンスブレイク】！」

メイプルには未だ防御貫通スキルがない。そのため、この弱点は組んでいるアタッカーが補う必要がある。ある意味、防御役と攻撃役の本来あるべき姿と言えるだろう。

「それに……ほらこれならどう？」

サリーはモンスターの隙間をすり抜けて機械兵に直接攻撃を行う。ゴーレムがサリーを止めに来ればメイプルによって蜂の巣になるが、このまま放っておいても機械兵は切り刻まれてしまう。サリーをどうにかしようにも【身捧ぐ慈愛】の範囲内にいる限り、その方法がゴーレムには存在しない。

同じ防御担当でも流石にメイプルとゴーレムでは格が違うのだ。

「【激流】！」

スキル使用と同時に、モンスター達の間に飛び込んだサリーから凄まじい勢いの水が放たれる。それ自体にダメージはないものの、近くにいたモンスターから順に押し流して陣形を滅茶苦茶に破壊していく。ゴーレムの陰から押し出された機械兵はメイプルの弾幕に晒され、次々に光となって消滅する。

「【ディフェンスブレイク】！　【トリプルスラッシュ】！」

今となってはこれくらいなら問題なく対処できると、メイプルとサリーは三度、数で勝る相手を蹂躙する。

そうしてモンスターを全て倒しきり二人がハイタッチをしたところで大きく地面が揺れる。

「も、もう次？」

「さっきよりかなり早いね」

通路の先をじっと見る二人の前に現れたのはメイプルにとって見覚えのある存在だった。

「あっ！　機械神⁉」

「えっ⁉　そ、そうなの？」

カラーリングも異なっており、あのボスの性質上これは似せて生み出されたものだというのは察せられたが、ここに来て初めてボスらしいボスの発生である。

他の通路にはメイプルがレーザーを放っているものと似た兵器が設置され、二人に照準を合わせている。

「なるほど、ここからは雑魚モンスターだけじゃなくてボスも出てきたい放題って感じか……」

想定よりもかなりハードなダンジョンに飛び込んでしまったと感じるサリーだが、それでも楽しそうにしているのは強力な敵にメイプルと二人で立ち向かえるからである。

「よし、ここまで来たらクリアまでやりきろう！」

「連携プレーの見せ所だね！」

雑魚モンスターとは訳が違う相手に、二人は気を引き締めると改めて武器を構える。

戦闘態勢を取った直後、機械神のレーザー装置から二人に向けて極太のレーザーが放たれる。

【身捧ぐ慈愛】があるとはいえ、当たらないに越したことはないと素早く飛び上がったサリーは、そのまま唯一レーザー装置のない、転移の魔法陣がある通路の前に着地する。

部屋の中心ではレーザー全てをその身で受けて、視認できなくなったメイプルがいる。

「大丈夫？」

「うん！　作った武器は壊されちゃったけど、ダメージはないみたい！　わっ⁉」

そう言っていたメイプルが凄い勢いで背後のサリーの方に吹き飛んで来るのを見て、サリーは咄嗟に受け止める。が、しかし、メイプルの勢いは止まらずそのままとめて吹き飛ばされてしまう。

「ちょっ⁉　転移の魔法陣に入っちゃうよ！」

「えっ⁉　えっ、て【天王の玉座】！」

度々メイプルにストッパーとして使われる玉座は、今回もいい働きをしてくれる。

瞬間的に現れ不動の壁になることでメイプル達はそこに激突。ノックバックの勢いのまま魔法陣に放り込まれて強制退場という幕切れは阻止することに成功した。

「さて、どうしようかな……」

「前もこうやって壁に押し付けられちゃったんだよね」

二人の後ろには転移の魔法陣、前方は通路になっており、真っ直ぐ先程の広間に続いている。真っ正面には兵器を展開する機械神がおり、今もノックバック効果のある弾を撃ち続けているため、二人は玉座に押し付けられている状況である。もし、広間に戻れば射線が通るようになったレーザー兵器も攻撃を再開することだろう。

「んー、この後もボスがいそうだし……出来る限り節約して切り抜けたいところだけど」

「考えてても大丈夫みたいだからじっくり考えよう！」

「いつもの戦闘中作戦フェイズだね」

サリーは慣れたものだと現状を把握していく。メイプルの防御力のお陰で時間はいくらでもある。作戦フェイズを挟むことで、きっちりと意思を統一してこの後の行動に移れるため、これも隠れたメイプルの強みと言えるのかもしれない。

「【身捧ぐ慈愛】は通路を出て少し外まで続いてるし……試すのはアリかな」

「うん。さっきのを見てる感じだと、レーザーにはノックバックの効果はないみたいだし機械神の弾さえ当たらなければここから動けるよね」

「うんうん」

「私が避けて通路を走りきる。上手くいったら【変わり身】で入れ替わって真後ろが通路にならないようにしよう」

「分かった！」

【身捧ぐ慈愛】があればもう一度吹き飛ばされてくるだけで、失敗しても死んでしまうことはない。

「よし、行くよ！　【氷柱】！」

サリーが目の前に氷の柱を立てるとそれが銃弾を遮り、ノックバックからは解放される。

しかし、狭い通路の中央に障害物を置いたことで、両脇に銃弾が集中し、このままでは結局ここから動けないままだ。サリーは頬を一つ叩くと、大きく息を吐く。そのアクションだけで何をするか理解したメイプルは、サリーに声援を送る。

「頑張って！」

「任せて」

サリーが【氷柱】を解除すると正面から高速の弾丸が次々に飛来する。

「ふっ……！」

サリーは小さく息を吐き体を捻り銃弾を回避する。全く隙間などないように見える場所を、まるで銃弾がサリーを避けて曲がっているかと錯覚するように、発射時の僅かな時間差が生んだ隙間を駆けていくのだ。

避けられないものはダガーで弾き、何百もの弾丸をないもののように足を止めずに進んでいく。

「その銃……もうメイプルの方が使い込んでるかもね」

最後にスライディングで弾幕を躱し、横っ飛びに移動すると【変わり身】を使用してメイプルと位置を入れ替え、脱出させる。

「おおー！　すごい！　一発！」

「そのままそっちまで行くから、しばらく撃たれててくれると助かる！」

「おっけー、【挑発】！」

メイプルは銃弾とレーザーの照準を自分に向けさせると、それを身体で受け止める。ダメージがないことは分かっているため、問題はない。そうしているうちに狙われなくなったサリーが歩いて通路から出てくる。

「ふー……脱出完了と。じゃあ反撃といきますか」

「サリー！　どうするー!?」

銃弾がぶつかる音にかき消されそうになりつつメイプルはここからどうするかを聞く。

「まずはレーザー装置から！　ダメージはないけど邪魔だし！」

「うん、前見えなくなっちゃうもんね！」

「私に攻撃が向いたらその瞬間にメイプルもレーザー装置を狙って！」

「分かった！」

絶え間ない攻撃さえなくなれば、もう一度兵器を展開し直すこともできる。こういった状況ではメイプルの耐久力に兵器の耐久力が追いつけず、展開してすぐバラバラにされてしまうため、まともに使えないのである。

サリーはメイプルの前に氷柱を作り、何かあった時のために、はみ出してしまわない部分展開程度ならできるようアシストすると一番端のレーザー装置から順に破壊していく。

「【クインタプルスラッシュ】！」

【ダブルスラッシュ】が十六連撃に化けたように【クインタプルスラッシュ】は四十連撃になる。一撃一撃のダメージは少ないものの、本来四十回攻撃するのにかかる時間と比べると圧倒的に短い時間でダメージを出し切れるのが強みと言える。

結果、凄まじいバーストダメージが出てレーザー装置は一気に爆散する。

「なんだ、案外脆いね。次！」

これなら次々壊していけると、二個目の装置を破壊したところで、攻撃対象がメイプルから破壊工作を続けるサリーに移ったのか、兵器と機械神が一斉にサリーの方を向く。

「いいよ。一つずつ壊して回るのも面倒だし、ちょうどよかった」

サリーは不敵にそう言うと、自分のいる場所に集束してくる何本ものレーザーを飛び上がって躱す。そのまま空中に足場を作って着地すると、飛んできた弾丸を全てダガーで撃ち落とす。

火花が散り、金属同士のぶつかり合う音が響く中、ダメージエフェクトは一切発生せず、そのままレーザーをひらひらと躱しながら、攻撃を引きつける。そうして、ようやく完全にフリーになったメイプルは兵器を展開する。

「【全武装展開】【攻撃開始】！」

メイプルは各砲口をそれぞれのレーザー装置に向けると一気に攻撃を開始した。

機械神がいくつものレーザー装置を用意できたように、それと同じ名前の力を持つメイプルにも似たようなことができる。

メイプルがきっちり攻撃力を有しているのは大きく、これによりサリーの攻撃参加が難しくとも敵の撃破に持っていけるのだ。

同時に攻撃された残るレーザー装置は纏めて爆散し、部屋の中には機械神本体だけが残される。

「メイプル！　何か起こる前に一気に決めるよ！」

「うん！」

再びメイプルに銃口が向けられたのに反応し、サリーは一気に懐まで入ると、再度連撃を繰り出す。

「【セクスタプルスラッシュ】！」

ずっと使い続けている基本の連撃スキル。モーションもシンプルで追加効果もないが、サリーにはこのスキルで十分だった。

攻撃に合わせて炎と水が舞い散り、ダメージを加速させていく。ただし、何十という連撃を叩き込めば当然連撃中でも銃口はサリーに向くだろう。

「【カバームーブ】【ヘビーボディ】！」

それはメイプルも分かっていることであり、高速移動によってサリーの隣までやってくることで

【身捧ぐ慈愛】により攻撃を引き受ける。さらにまだまだ使い慣れない【ヘビーボディ】でノックバックを無効化する。代わりに移動できなくなるものの、サリーがギリギリまで接敵していてくれたため、問題なくメイプルも攻撃に参加できる。

「【水底への誘い】！」

メイプルは片腕を触手に変形させると機械神の胴体を握り潰すように飲み込んでサリーの連撃のそれを上回るダメージを出す。いくつもの砲口はゼロ距離射撃によって機械神の体に穴を開け、一気にＨＰが減少する中、機械神はより大量の兵器を展開する。

「っと、先に倒し切る！【跳躍】【ピンポイントアタック】！」

サリーは高く飛び上がり機械神の真上を取ると、空中で体勢を整えてダガーを振り抜く。それは頭部から順に体を半分に裂き、今にも火を噴かんとしていた大量の兵器は、機械神の撃破とともに崩れ落ちていくのだった。

「ナイスー！」

「うん、メイプルも。あと悪食は五回だね、兵器の残量は大丈夫？」

「うん！　まだまだ余裕だよ！」

「じゃあ【ヘビーボディ】が切れたら真ん中あたりまで戻ろうか」

「はいはーい！　それまでに出てきませんように……」

「なんとなく何がくるか予想はできてるけど。メイプルと二人で戦えるのはちょっと楽しみ」

「頑張ろうねー！」

「当然。何がきても負けないよ」

こうして二人は次の戦闘に備えて、変化を待つ。何もないならそれでよし。しかし、二人が予想していた通り次のモンスターが正面の通路から現れる。

「うっ……！」

「予想通りといえば予想通りだね」

現れたのは四層の大ボスである鬼の主。メイプルに【百鬼夜行】のスキルを渡した張本人である。それに酷似した見た目をしたボスは今回、その体躯に合った大きな刀を携えている。

「最強格のボスラッシュなのか、メイプルが倒してきたモンスターが呼び出されてるのか分からないんだけど？」

「倒した時と武器は違うみたい！」

「気をつけとく」

そう言いつつサリーはダガーを構え、メイプルは触手化した腕を元に戻して盾を構える。それを見てか、鬼も刀を構える。

そして次の瞬間、超人的な加速によって一瞬にして二人の目の前まで到達すると、そのまま並んだ二人を真っ二つにせんと刀を横薙ぎに振るう。

「……！」

「くっ……うわっ⁉」

サリーは体に染み付いた回避行動によって、咄嗟に屈んでその刀を回避する。

メイプルが左に盾を持っていたため、偶然ガードに成功し悪食が発動するも刀の破壊はできず、斬り裂かれはしないものの、そのまま人外の膂力によって体が浮き上がり、壁に向かって一直線に吹き飛ばされる。

一方のサリーは直感的に目の前の存在がかなりの強敵であることを把握すると、屈んだ体勢からバネを生かして突進しダガーを振るう。機械神の時のようにスキルによる威力重視の攻撃ではなく、動きが固定されない通常攻撃だが、鬼も素早い反応でそれを受け止める。

「これに勝ったのか……すごいなあ。しかも、今回は一緒に戦えるなんて」

これ以上嬉しいことはない。目の前にいるものは強く、隣にはメイプルがいる。サリーはここで得られるとは予想しなかった高揚感に集中力が高まっていくのを感じていた。

ギィンギィンと二人の剣戟の音が響く。サリーの攻撃は全て受け止められているものの、逆もまたしかり。しかしこのまま永遠に続けていれば人間であるサリーの方が先に集中力を切らせて隙を見せることになるだろう。

サリーが何かきっかけが必要だと思ったその時、吹き飛ばされたメイプルのいた場所から立ち昇る砂煙を裂いてレーザーが放たれる。

「サリー！」

鬼はそれに反応し、刀を振るってレーザーを無効化しにかかるが、サリーは呼ばれた名前に込められた意味を理解し、即座に一歩踏み込み、体を捻って胴体を深く斬りつける。安全な間合いを逸脱してでも、メイプルの作ったチャンスは逃さない。

ダメージは与えたものの、構わずメイプルの方に向かって踏み出そうと鬼が足に力を込めたのを見て、サリーはすかさず回り込む。

「【超加速】！」

再び加速して突進する直前、サリーは正面に回り込み、最早視認すら難しい速度で振るわれる刀を二つのダガーで受け止める。

「どこ行くの？　相手は私だよ」

メイプルはこの速度に上手く対応できていないため、今回攻撃を捌く役を担うべきなのはサリーの方だ。【身捧ぐ慈愛】は発動したままのため不意の事故は避けられる。後は貫通攻撃を受けなければいいだけである。

「メイプル、隙を作ってくれれば崩せる！」

「分かった！」

今回はメイプル一人ではない。この頼もしい相棒がいればできることも広がるというものだ。

「【攻撃開始】！」

メイプルの射撃に反応した瞬間にサリーが踏み込んで斬りつける。一瞬でも体勢を整えるのが遅れればサリーも反撃をいなすことはできないが、今の集中状態でそんなミスは犯さない。

「順当に強い、けど。二人なら負ける気がしない」

一人で挑戦する必要がある四層とは違い、役割を分担することができるのは大きかった。鬼の動きが普通のプレイヤーの動きを超越したものなら、サリーもまたそうなのだ。ただの一度も奥で射撃を行うメイプルの元へ接近することを許さず、その場に縫い止めている。これもまた人間業ではない。

そうして、単純だが難易度の高い連撃プレーを繰り返すうちに鬼のＨＰは減少していき、バックステップで距離を取ると、紫の炎が辺りから噴出する。また、それと同時に奥の通路から体が紫の炎でできた大犬が現れ、鬼の隣に立つ。

サリーも一旦距離をとってメイプルの隣までいくと確認を取る。

「前にやった時、これはあった？」

「なかったよ。炎は使ってたけどちょっと違う感じ。炎は大丈夫だけど、武器での攻撃は貫通攻撃だった」

開戦してすぐにメイプルが吹き飛ばされ、言葉を交わしている余裕もなかったため、攻撃の手がやんだ今ようやくこうして話すことができる。

「基本は私が食い止めるよ。メイプルは炎の攻撃を【身捧ぐ慈愛】で受け持って。多分範囲攻撃だろうし」

「分かった！」

「【剣ノ舞】も最大スタックだし、ダメージは出せるから」

「何かあった時の防御は任せて！」

よしと二人揃って小さく頷くと、改めて鬼と向き合う。

鬼の方も隣に炎の犬を従えており、ここからはメイプルの四層での戦闘とも異なる二対二が始まる。数のアドバンテージもなくなった今、より慎重に攻める必要がある。

互いに相手の出方を窺うように睨み合う中、先に鬼側が炎の犬を走らせる。

「【攻撃開始】！」

真っ直ぐ突進してくるため、メイプルも逃げ場のないように全力で銃弾を放つ。しかし、体が炎でできているだけあって、メイプルの攻撃は全てすり抜けていってしまいダメージを与えられない。

「【鉄砲水】！」

それならばとサリーが地面から大量の水を発生させるが、獣らしい俊敏な動きでそれを躱すと、そのまま大きく咆哮し、二人の真下の地面が赤く輝く。

「大丈夫！　【不壊の盾】！」

メイプルがそう言った直後、二人を包み込むようにして火柱が上がる。メイプルも経験上、炎は防御貫通攻撃というよりは、別種の継続ダメージであることが多いと分かっていたため、念のためダメージ軽減スキルを発動させるが、ダメージを受けることはなく無事にやり過ごせていた。悪食も発動対象となっていないようで、二人にとっては特に気にするものではない。

「よかったー！」

「うん、これならある程度無視できると思う」

火柱の中で会話する二人は、今度はこちらからだと一歩前に踏み出す。それと同時、視界を覆っていた炎の壁を破って刀が突き出される。突然の攻撃にサリーは反射的に刀を横から叩きつけてほんの僅かにその軌道を逸らすが、メイプルの肩口を斬り裂いてそこからダメージエフェクトが散る。【不壊の盾】の強力なダメージ軽減効果が発動している中、それでもメイプルのＨＰが六割近く減少したのを見て、サリーは即座に退避の判断をする。

「【激流】！」

サリーはメイプルを抱えると、同じく炎の壁を突き破りながら、水の勢いに乗って流れるように移動し距離を取ろうとする。しかし、それでも逃すまいと鬼は炎の犬を引き連れて急接近してくる。

「メイプル一回潜って！」

「【大地の揺籠】！」

一旦態勢を立て直すため、メイプルはスキルを使ってサリーと共に地面に潜る。

「ふぅー……【ヒール】」

「ありがとー。うぅ……やっぱり強いなあ」

「んー、炎攻撃は避け切ろうとするとちょっと無理しないといけないから【身捧ぐ慈愛】で守っていてほしい」

「うんうん」

「代わりに貫通攻撃は私が全部前でガードするよ。メイプルの盾になる」

互いに対処の難しい攻撃を受け持って無効化することで有利に立ち回ろうというわけだ。サリーが防御に全力を尽くす分、攻撃はよりメイプル頼りになる。

「銃は剣でガードされちゃうし……」

「大丈夫、隙を狙（ねら）って。それに、ゼロ距離ならガードも何もないでしょ？」

遠くから撃つことで間に刀を挟み込まれるなら、体に砲口を密着させてしまえばいいというわけだ。サリーがそうであるように、そもそも物理的に避けられない攻撃は存在する。

「メイプルは安心して攻撃して。大丈夫、通さないから」

「分かった！　任せるね？」

「任された！」

二人はどちらもが剣であり盾でもある。改めて方針を確定させると、効果時間切れによって地上に戻っていく。地上に戻ると、それを待っていたとばかりに鬼の刀が振るわれる。

サリーがそれをガードすると、再び繰り返し縦から横から斬撃が飛んでくるものの、そのどれもが的確に弾かれていく。

「もう一発も通さないよ」

「反撃だね！」

サリーが鍔迫り合いをする中、メイプルは砲に変えた片腕を鬼の腹部にぴたりとつけると、ゼロ距離射撃を行う。確かな手応えと共に派手にダメージエフェクトが散り、手痛い一撃を加えることに成功する。それを受けて飛びのく鬼を追撃することはせず、再び犬の咆哮によって火柱が上がり二人を内部に包み込む。

「もう一度はないよ」

たとえ攻撃の瞬間を隠されようと問題ない。確固たる自信を持ってサリーがダガーを構えると、先程と同じように炎を裂いて刀が突き出される。

サリーは二本のダガーを振り上げると、刀を真下から叩き上げ、その軌道を逸らす。

直後、サリーの目に映ったのは、そのまま飛び込んでくる鬼の姿と、もう片手に握られた二本目の刀だった。

「それでも……っ！」

サリーは重い一撃を弾いて崩れた体勢を無理矢理整えると、振り下ろされる刀を頭上でクロスさせたダガーで受け止める。しかし、一本の刀を二本のダガーで止めていては分が悪い。

「【滲み出る混沌】！」

片方が苦戦している時はもう片方が打開する。メイプルがあえて遠距離攻撃を放ち、鬼のガードを誘発させると、その一瞬のうちにサリーは体勢を整え、一気に踏み込み鬼の脇をすり抜けて、一撃を加えつつ背後へ抜けていく。

連戦という仕様だけあって鬼のＨＰもそう高くはないのか、あと数回重い一撃を加えられれば撃破できそうだった。

「メイプル！」

サリーはボスの脇をすり抜けながら振り返り、メイプルとアイコンタクトを取る。

サリーが何を求めているのかをメイプルは正確に読み取って、即座に行動に移す。

「【カバームーブ】！」

メイプルはサリーの元へと高速で移動する。【変わり身】と違うのは、点と点での瞬間移動ではなく、あくまでも高速移動だということだ。

つまり、その途中での行動がほんの僅か許されるということでもある。

「やあっ！」

メイプルは脇を抜けていったサリーを追って鬼のすぐ真横を通る際、その大盾を真横に構え胴体に叩きつけた。当然これは【悪食】を発動させ、凄まじい量のダメージエフェクトを散らせる。雑魚モンスターなら一撃、ボスモンスターでも致命傷となりかねないが、それでも鬼はまだ立っており、まさにたった今ダメージを与え、盾を振った状態で体勢を崩したメイプルを斬り伏せんと、刀を持った両腕に力を込めて振り返る。

「そっちが力ならこっちは速度で勝負するね」

振り返る瞬間、鬼がそれ以上の行動をとれなかった一瞬の隙。サリーは翻弄するように再び鬼の脇をすり抜けて背後に回る。

「【変わり身】！」

メイプルとサリーの位置が瞬時に入れ替わり、メイプルの前には無防備な背中が、サリーには振り下ろされる二刀が迫る。

「もう一回っ！」

メイプルが今度こそ鬼の胴体を飲み込み両断するのと、サリーが重い刀を受け止め、その重さが消えていくのを感じるのはほとんど同時のことだった。

「私達の方が連携力では上だったみたいだね」

周りの炎が消えていく中、サリーはどこか嬉しそうに、満足気にそう呟くのだった。

「よかった、勝てたー！」
「うん、上手くいったね」
「やっぱり二人だと違うね！　四層で戦った時はもっともっと大変だったもん」

あの時は全てのスキルを使い切った上で【ブレイク・コア】による自爆で何とか倒しきったのだ。

それに比べれば今回は【不屈の守護者】はもちろんのこと、【暴虐】や【悪食】もまだ残っている。もちろん別の場所で、ボスも正確には同じというわけではなかったが、これは明らかに二人だったからこそできたことである。

「そう言ってもらえるなら良かったよ。メイプルも、いつものことだけど【身捧(ささ)ぐ慈愛】助かった」

「えへへ、どういたしまして」

「あれより強い敵もそうそういないはず……」

「何が出てくるかな?」

次の相手を待っていると、しばらくして正面の通路からは六枚の羽を持った大きな天使が、他の通路から二枚の羽の小さな天使達が、それぞれ弓を持って現れる。

「メイプル、これは知ってる?」

「玉座をくれたところに似てそうだけど……ちょっと違うみたい」

そんなことを言っていると、先制攻撃とばかりに天使達が矢をつがえ、正面のボスの周りの空間も光り、大量の光る矢が雨のように降り注いだ。開幕から相当な殺意での攻撃だが、サリーは矢を避けつつメイプルを見る。

「おー……どうメイプル?」

「全然問題なしっ!」

貫通攻撃でなければ、どれだけ攻撃を受けようとメイプルには関係ない。

「良かった。じゃあ一体ずつ倒して行こうか」

「うん！　けど兵器が壊されちゃうから、サリー、お願い！」

「はいはい。【氷柱】！」

サリーは一体の小さな天使の近くに氷の柱を立てると、糸によって隣まで一気に移動し、【氷柱】を蹴って空中の天使に斬りかかる。体をぐるっと回転させるようにして叩きつけたダガーは天使にクリーンヒットし、大ダメージを与えて一撃で消滅させる。

「おっ、思ったより脆いね」

この調子で行こうと、もう一本【氷柱】を立ててそこに飛び移ると、同じように大ダメージを与えて天使を一撃で葬り去る。

ここに入ってきてから途切れることなく連戦となっているため、【剣ノ舞】による攻撃力上昇は常に最大値のままだ。本来は最大まで効果を発揮するのが難しいのだが、持続している今はかなりのダメージが期待できる。天使達も、まだ一戦目なら耐えることができる未来もあったかもしれない。

そうして一体ずつ倒していったサリーだが、最初に倒した天使が生き返っているのを見て、これでは倒しても意味がないと諦める。今のところ少し強化された矢を放つだけなため、何か悪さをする前に倒しておこうと考えたのだが、時間をかけるだけ無駄なようだった。

「メイプル、小さい天使が撃ってる矢も大丈夫だよね？」

「うん！　変なデバフもかかってないよ！」

二人は全く意に介していないが、そもそもこの矢の雨があれば十分普通のプレイヤーは苦戦するのである。天使達もメイプルの防御力と【身捧ぐ慈愛】のせいで大した攻撃をしていないかのように扱われているだけなのだ。

「ならとりあえず放置かな。ボスを倒せば問題ないだろうし」

サリーは地面に着地すると【身捧ぐ慈愛】の範囲外に出ないように、メイプルと二人でボスである大きな天使の下まで歩いていく。二人が近づくとまるで天からの裁きとでも言うように上から光の柱が降ってきて二人を包み込むが、特にこれといって何かが起こる様子もない。

「今回は本当に相性良さそうだね」

「じゃあやっちゃおう！」

それぞれ極端な性能のメイプルとサリーの戦闘は、相性が色濃く出る。どんな敵も、二人の相手になりたいのなら、まず貫通攻撃は標準装備していなければならないのだ。

「【クインタプルスラッシュ】！」

これなら気兼ねなくスキルを使えると、サリーは連撃を叩き込んでいく。炎と水の舞う連撃を受けて見る見るうちにボスのＨＰは減少していく。

しかし、突然辺りに落ち着いたハープの音色が響くと、じわじわと減らしていたボスのＨＰが回復し始めた。

「うわっ⁉」

「あ、サリー！　他の天使が楽器持ってるよ！」

「それのせいだね。どうしようかな……」

このまま無理やりダメージを上回らせて倒しきるということも不可能ではなさそうだが、それは正攻法ではないと、圧倒的な回復量が告げている。

「兵器が光の矢で壊されなければメイプルに撃ち落としてもらうんだけど……」

見上げると大量の矢の雨は変わらず降り続けており、残弾がなくなるというようなことも起こらないのは明白である。

「んー」

「あ！　じゃあサリー、こういうのはどう？」

「聞かせて」

サリーはその案を聞くと、確かにそれなら展開できると頷く。サリーのお墨付きももらったことで、メイプルはさっそく準備に取り掛かる。

「シロップ、【覚醒】【巨大化】！　【念力】！」

メイプルは巨大化させたシロップを宙に浮かせると、自分の真上に持ってくる。そうすることでシロップがきっちりと光の矢を受け止め、メイプルの兵器の破壊には至らない。シロップの受ける攻撃は【身捧ぐ慈愛】で代わりに受けているが、それは兵器を壊すことなくメイプル本体にのみ影響があるだけなため、これで互いにかばい合うことができる。

「こっちは倒しておくから、サリーも頑張って！」

「分かった。任せて」

「よーし【攻撃開始】！」

「【セクスタプルスラッシュ】！」

メイプルが貫通攻撃に弱いように、回復による耐久戦略はその回復手段を奪われることに弱い。攻撃が無効化され、耐久手段を奪われたとなればこのボスの強みはなくなってしまったと言えるだろう。

本来ならＨＰを回復しながら、矢の雨によって広範囲を攻撃し複数人を同時に痛めつける厄介なボスだが、ただただメイプルとの相性が悪過ぎた。

「【クアドラプルスラッシュ】【トリプルスラッシュ】！」

サリーもできる限り火力を出すため、躊躇(ためら)うことなくスキル攻撃を連打する。

メイプル一人なら回復役の天使撃破とボスへの火力の両立は難しかったかもしれないが、優秀なアタッカーがいれば問題ない。攻撃は本来の大盾らしく、アタッカーに頼ればいい。そもそも壁役が遠距離攻撃役も兼ねて天使を全(すべ)て撃ち落とせているのもおかしいのである。

天使側の攻撃手段があれも駄目これも駄目と否定されていけば、残るのは一方的な蹂躙(じゅうりん)だけである。

　そうしてパリンと音を立てて光に変わっていく姿を見て、サリーは一人ぽつりとこぼす。

「やっぱり、メイプルに勝ちたいなら貫通はないと駄目だなあ」

「ふふふ、今回はノーダメージで大勝利だね！」

　優秀な防御貫通スキルがなければ、挑戦権すらないだろう。そういう意味では天使達には元々勝ち筋のない勝負だったのである。


　天使を撃破した二人は新たな変化がないかを待っていた。

　連戦とはいえ、ここまで順調に進んできている二人はまだ多くのリソースを残している。大ボスを撃破する際に使用したスキルは主にサリーの連撃スキルなため、メイプルの回数に限りのあるスキルは温存できている。

「これならまだまだ勝てそうだね！」

「うん。傾向からすると次は六……」

　そこまで口にしてサッとサリーの顔色が悪くなる。ここまでの法則からすると次が何層の敵なのかは、サリーにも察せられたからだ。

　その予想が正しいことを裏付けるように、通路からは、ボスであろうボロボロの王冠を被り、元は豪華だっただろう服を着たスケルトンと、それに率いられるように大量のアンデッドが現れる。

「あ、あっあああのさ」

「一旦退却！　玉座出しっぱなしだし！」

先程までの頼もしさは何処へやら、生まれたての子鹿のようになったサリーの手を引いて転移の魔法陣のある通路へと避難していく。

「ひ、【氷柱】！」

サリーは氷の柱を並べて設置し、一時的に通路を封鎖すると、玉座に座ったメイプルに張り付いてぐったりとする。

「通路だとシロップも狭くて【巨大化】できないし……【捕食者】は使えないし、死んでるから毒には強そうだし……」

やはりここは通路の奥に陣取っているという利点を生かして、【機械神】の兵器によって攻撃するしかないとメイプルは結論づける。

【氷柱】によって堰止められているため、時間が経ってそれが消えれば全てのアンデッドが雪崩れ込んでくるだろう。

「シロップ【赤の花園】【沈む大地】！」

メイプルの射撃では即殺とはいかないだろう。となれば、自分達の元へ到達するまでの時間を少しでも稼がなければならない。メイプルはシロップのスキルで与えるダメージを伸ばすと、地面を変化させて容易に近づけないようにする。

「サリーは適当に魔法スキル撃ってみて！　今回は真っ直ぐ撃てばいいから多分当たるはず！」

「うん……」

サリーはぐしゃぐしゃにマフラーを巻きつけて、メイプルにもたれるように座ると、目を閉じたまま広間の方に向き直る。

少しして【氷柱】が消滅し、うめき声とともにアンデッドがなだれ込んでくる。ボスは最奥でアンデッド達にバフをかけているようで、とりあえずこの死者の壁を突破しなければならない。

「【攻撃開始】！」

メイプルの兵器が火を吹いて、アンデッド達を前から順に吹き飛ばしていく。それでも一撃とはいかず、まさに死体を乗り越えるようにして、【沈む大地】に足を取られながらも近づいてくる。

「【サイクロンカッター】【ファイアボール】！」

サリーも適当に魔法を放つが、最低限習得しているだけといったそれらはないよりましといった所だろう。

「むぅ、近づかれてるなあ」

「そ、そうなの!?」

「シロップ【大自然】！」

シロップのスキルで巨大な蔓を発生させ、その質量でアンデッドを吹き飛ばしていく。数が多いこともあってか、今回のアンデッド達は魔法でしかダメージが与えられないというような厄介な性質を持っておらず、着実に撃破はできている。

「【激流】！　て、てて【鉄砲水】！」

サリーも大量の水を発生させてシロップの蔓と併せてアンデッド達を押し流す。このまま接近を許し、摑みかかられでもすればダメージは無くとも再起不能になってしまう。

「ううん、やっぱりちょっとダメージ不足かも」

さてどうしたものかと考えたメイプルは、サリーにもまだ戦う方法があることを思い出す。

「あっ、そうだ！　これならサリーもダメージを出せるはず！」

「えっ⁉　な、ななな何⁉」

どうあっても立ち上がれそうにないサリーにメイプルは作戦を伝える。普段なら逆だが、こういう状況ではサリーの思考力は落ちてしまっているため、何か思いつく余裕がないのだ。

「わ、分かった。朧【影分身】っ！」

スキルを発動させると、そこにはサリーの分身が現れる。サリーの意思で操作することができないため、【身捧ぐ慈愛】の弱点を利用されないよう常に出すというわけにもいかないものだが、今回はそのサリーの意思を反映しないという点が重要だった。

サリーの見た目を模倣しただけの分身四体は軽い足取りでアンデッド達に飛びかかって攻撃を始めたのである。

「おおー、サリーがお化けと戦ってる……」

本人がどうなろうと、一定の性能を持って攻撃を続ける分身は、普段なら低い耐久力を突かれてしまうか、遠くまで走っていきすぎて守りきれないものだが、今は溢れかえるアンデッドにより【身捧ぐ慈愛】の範囲内で強制的に足を止めさせられており、メイプルがいる限り無敵の兵である。

「頑張れー！」

四人のサリーは着実にアンデッドを倒していく。攻撃できさえすれば有象無象のアンデッドなど恐るるに足らない。

「出てくる数が決まってるなら全部倒しちゃうんだけど……どうかな？」

メイプルは一旦銃弾を節約して、サリーの分身に撃破を任せる。サリー本人は【氷柱】と【鉄砲水】と【激流】を使えるようになる度に使って、ひたすらアンデッドの足止めをする。

実際サリーの【水操術】によって近づいてくる相手を押し返す能力はかなり高くなっている。上手く使えば自身の加速にも使えるこのスキルは、目を閉じて撃ってもある程度有効なほど効果範囲が広い。

「ど、どうメイプル？」

「いい感じ！　このまま行けー！」

メイプルが応援する中、分身は時間をかけてその数倍の数のアンデッドを撃破し、ようやくメイプル達の視界が開けた。

分身はそのままボスに向かって走っていき、【身捧ぐ慈愛】の範囲から外れると、ボスに接近したところで、放たれた黒い炎に焼かれて一瞬で消えていった。

「あー！　近くにいてくれたら守れるのに……でもありがとー！　サリー大活躍だったよ」

「複雑だなあ……あとはボスだけ？」

「うん！　今のところ追加でモンスターが出てくる感じもないみたい」

ボスはというと【天王の玉座】が広間全てをカバーしているためか、特にこれといった大技が使えず、二人を射程内に捉えるためにじりじりと近寄ってきていた。

「ボスも近づいてきてくれてるし、こっちまできてくれれば戦えるんだけど……」

メイプルとしても迂闊に玉座から立ち上がるわけにはいかない。立ち上がった隙に使われるスキルにアンデッドの大量召喚のようなものがあれば、全てが台無しになってしまうからだ。

となると一旦銃撃もやめて、近づいてくるボスをただ待つのが最善手となる。

分身に反応して攻撃したのがかなり近くだったため、少なくとも通路には入ってきてくれると踏んだのである。

メイプルの予想は当たり、カタカタとその骨を鳴らしながら、数歩行けば届くような距離までボスはやってくる。ここまでくれば【沈む大地】によって移動は阻害される。

「いる？　いる？」

「うん、すぐそこまできた」

「は、早く倒そうすぐ倒そう！　【氷柱】！」

サリーは【氷柱】をボスの背後に作り、ボスの退路を断つ。ここで遂にメイプルは兵器を展開した。

「これなら邪魔されずに当たるね！」

「こっちくる前に倒して……」

「もちろん！　【攻撃開始】！」

メイプルの銃弾が次々にボスの体を穿ち、サリーがデタラメにはなった魔法がどこか彼方へ飛んでいく中、ボスのＨＰはなくなって、その死んだ体を今度こそ消滅させるのだった。


『スキル【魔の頂点】を取得しました』


ボスが倒れると同時にそんなアナウンスが聞こえ、しばらく待っても次のモンスターが出てこなくなる。

「終わりっぽい？」

「お、終わり⁉　名誉挽回のチャンスが……」

連携がどうだなどと言って誘っておいて、最後がこれではあまりに格好がつかない。

サリーは顔に巻いたマフラーを外しながら、上手く言葉がまとまらないといった様子で、ボスのいた場所とメイプルの顔を交互に見る。

「でもサリー活躍してたよ？　最後もすごい助かったし」

「もっとビシッと決めたいところだったんだけどなあ……」

「でも、補い合うプレーって感じがした！」

二人は今回ここに連携力を試しに来たのでもある。そういう意味では今回の戦いは全てメイプルが苦手な部分をサリーが、その逆をメイプルが受け持つことで上手く攻略しきったと言っていいだろう。

「まあそれもそうか……どう？　相棒として私は合格？」

そう言って語りかけるサリーに、メイプルは満面の笑みでサムズアップして返す。

「もっちろん！　鬼の時とかすごすぎてこっちこそ合格か聞きたいくらい！」

「ふふっ、もしメイプルが不合格だったら相棒になれる人いないよ？」

「ええー？　そうかな」

「うん。……ほら、メイプルもそれくらい強いってこと！」

「えへへ、あっ！　そういえばスキルも手に入ったんだよね」

「今回は二人とも手に入ってるね。えーっと……」


【魔の頂点】

召喚したモンスターのステータスを1・5倍にする。

そこには短い記述で、ただ単純に強力な内容が書かれていた。

「七層らしい……パッシブスキルだしデメリットもなさそうだから、本当に取り得だね」

「やった！　シロップもっと強くなるんだね！」

「というか記述的にテイムモンスターだけってわけじゃなさそうだし。自分が出してるなら【捕食者】とかでもいいんじゃない？　あれも攻撃力あるし」

「そっか！　皆強くなるねー」

「私も使えなくはないけど、朧の【影分身】は駄目そうだしなあ」

「サリーが出してるんじゃないもんね」

「そういうこと。でもまあ何かできそうだし、考えてみようかな。……ふっ、最後でどっと疲れたし、今日はもう戻ろっか」

「うん！」

こうして二人は、強力なスキルを手に入れたことに満足し、ダンジョンを後にするのだった。

四章　防御特化と猛特訓。

メイプルと二人でのダンジョン攻略を終えて、サリーはギルドホームのソファーに深く座って目を閉じ、険しい顔で何か考え事をしていた。

「どうかした？　そんなに考え事をしてるのもちょっと珍しいね」

「カナデ？　ああ、まあうん。ちょっとね……」

「また次の対人戦について考えてるのかな？　ほら、新しいスキルも手に入ったみたいだし」

メイプルとサリーもそうだが、マイとユイも新たな力を手に入れている。マイとユイは今日も元気にフィールドで八本の大槌(おおつち)を振り回して、別物になった戦闘形態を体に馴染(なじ)ませるとともに討伐数を稼いでいる。

「ちなみにカナデの方はどう？」

「僕は魔導書を溜(た)め込みながら、他のギルドのことを見てる感じだねー。サリーから聞いてた通り【thunder storm】の二人のテイムモンスターは分からなかったよ」

カナデの戦闘力は一回限りの魔導書を使うことによって変化する。それ以外のスキルにはこれといって特殊なものはないため、レベル上げのために戦闘を繰り返すのには向いていない。そういうともあって、カナデは自ら他のプレイヤーの観察に時間を割くようにしているのだ。

「そっか。分かったら対策も立てられるんだけどね」

「でも面白い人達だね。あれだけ派手ならどこにいるか分かりやすいから」

ベルベットとヒナタがいればその辺りには大量の雷が落ち、冷気が立ち込め、場合によっては物体が浮き上がっていたりするのだから、メイプルに負けず劣らず目立つ存在である。

「今度は【ラピッドファイア】の方を見に行こうかな」

「うん、何か分かったら助かる」

「まあ程々に期待しながら待っててみてよ」

ただ、こうして会話をしていてもどこか悩み事があるように見えるサリーにカナデはどうしたものかと少し考える。

「んー、何かあるならメイプルにでも相談してみたら？　じゃあまたね」

カナデはそう言うとひらひらと手を振ってギルドホームから出て行く。

「メイプルに相談かあ……」

こうしてしばらく考えていたサリーは、意を決したようにガタッと立ち上がるのだった。

翌日、現実世界の放課後。理沙は帰り支度をすると目を閉じて大きく息を吐く。そんな理沙の元にぱたぱたと楓が近づいてくる。

「理沙帰ろー！」

「今日はちょっとゲームショップに寄って行こうかと思って」

「へー！　また何か新しいゲーム出たの？」

「いや、そういうわけじゃないんだけど……」

歯切れの悪い理沙を見て、楓は首を傾げる。

「よかったらさ……ついてきてくれない？」

「……？　もちろんいいよ！」

ゲームを薦めてくるいつもの理沙とは様子が違うのを見て、何か違和感を覚えつつも理沙の横を歩いて目的地へ向かう。

「何回か来てるし私も道順覚えたよ！」

「へぇ、じゃあたまに行って色々見てみると面白いかもね」

「あはは、何がいいとか分からないから見るだけになっちゃいそう」

「まあそれも一つの楽しみ方だし？」

パッケージはいわばそのゲームの顔であり、それを見て多少書かれた説明を読むだけで、面白そうだと思えるようにできている。適当に見て回って良さそうなものを手にとるだけでも楽しいものなのだ。

と、こういうところもあって、いつもなら店に近づくほど早足になっていく理沙なのだが、今日はいつになく足取りが重い。

「理沙大丈夫？」

「え、うん……大丈夫」

そうは見えないと思いつつ、帰るかと聞いても大丈夫の一点張りなため、楓は心配しつつ二人でゲームショップへと入る。

「今日は何見にきたの？」

「うん、それは……」

理沙はゆっくりと歩いていくとある棚の前で立ち止まる。

「えっ⁉」

楓は理沙の目線の先を見て驚く。そこに並んでいたのはパッケージやタイトルからも察せられる、分かりやすいホラーゲームだった。

「ほ、ほんとに？」

「うん。そ、そそそろそろ克服しようかなって」

最近の対戦でも戦力外になってしまったり、六層での探索が全くできなかったり、それ以外の層でも、そういったモンスターが出る場所には一切近づいていなかったりと弊害もあり、ついに克服に踏み切ったというわけである。

「やめといた方がいいよ。寝られなくなっちゃうよ？」

「うっ……」

通常ゲームのホラーエリアとホラーゲームでは訳が違う。前者でボロボロになっている人間がやれるものかというと疑問符がつく。楓としても理沙のこういった決意は、これまでの長い付き合いの中で何度か見てきたが、結果は敗走に次ぐ敗走となっていた。

「どうしてもっていうなら止めないけど……んー、でも……」

七層攻略がつい先日のことなため、メイプルにも結果は何となく予想できていた。理沙はしばらく悩み、様々なことを考えた結果決断する。

「や、やる！　今回はやるって決めたからね！」

「どれにするか決めてるの？」

楓がそう言うと理沙は一つのゲームを手に取る。

「ぶ、ＶＲ？　ほ、本当に大丈夫？」

画面の中であれこれが起こるのと自分が中に入って恐怖体験をするのでは訳が違う。理沙は今回どうしてもやるという、ある種ハイになった状態なため、なんとなくいける気がしているが、楓から見るといつものそれである。それでも、やると言い切った以上、このハイテンションを終わらせるためには何か結果が出なければならないのだった。

「これは一応二人プレイもできるから……」

「えっ？　あっ⁉　巻き込んだなぁ～」

「も、ももちろん一人でクリアする気だよ？　でも……まあ、ほら、ね？」

「もー、いいよ。最後までできるかなあ」

「『NewWorld Online』のイベントの合間にね」

「うまく進むといいなあ。すごい怖いって書いてあるよ」

楓はホラーは特に苦手というわけではないため、理沙からパッケージを受け取ると裏面の説明などを読んでいく。

「じゃあ、買ってくるね……ふー……よし」

理沙はそう言い残して、一度心を落ち着けるとレジへと向かっていくのだった。


「じゃあ頑張って！」

「う、うん」

一応一人でクリアすると言い切ってしまったため、いきなり助けてくれとも言えない理沙はゲームの入った袋を持ってやるぞやるぞと意気込む。

「クリアしたら教えてね！」

「うん、とりあえず手をつけてみる」

流石にクリアとまではいかなくとも多少ストーリーを進めることはできる。二人プレイも可能にはなっているが、基本は一人プレイをメインとしている。

楓とはまた明日学校で会うため、どこまで進んだかはその時に話せばいいだろう。

帰り道を歩き、二人はいつもの場所で別れてそれぞれの家へと向かっていく。そうして少しした所で理沙は手に持った袋をまじまじと見て不安そうな表情を見せる。

「できるできる……そろそろ克服するって決めたんだから……」

家に帰ったら始めるつもりで歩いているが、いつものようにすぐにゲームを始めるために帰路を急ぐことはなく、むしろ足取りは重いくらいなのだった。


「ただいまー」

理沙は自分の部屋へ戻ると、荷物を置いて制服から着替え、問題のホラーゲームを取り出し机の上に置く。

「とりあえず……ご飯食べてからかな」

クリアまでにそれなりに時間もかかるゲームのため、理沙は一旦(いったん)手を出すのはやめておいて今日学校で出された課題の方に手をつける。

「分かっちゃえばそんなに難しくないね」

集中さえすれば問題なく解けると、理沙はスイスイ課題をこなしていく。この集中力がなぜ発揮できているかは薄々感づいてはいるものの、気づかないふりをしながら時間を過ごす。

そうしてあれもやってこれもやってと手をつけるうちに、外はすっかり暗くなり、一階から夕食の準備ができたことが告げられる。ちょうど課題も終わっていた理沙は、部屋から出ると一階へ降りていった。

夕食を済ませ、風呂にも入った理沙はまた部屋へと戻ってくる。いつもならここで何かしらゲームを始める訳だが、ゲームの準備を始めようとすると、そこには強烈な存在感を放つものが置かれている。

「……いや、やる……やるんだけど……」

そうは言うものの、手にとっては置きを繰り返して時間が過ぎる。

「ま、流石に夜やるのはちょっと……明日帰ってすぐにしようかな。うん」

理沙はそう結論づけると今日の所はやめておいて、別のゲームを始めるのだった。

◆□◆□◆□◆□◆

翌日、いつも通りに目覚めて登校した理沙は途中で楓を見つけて駆け寄っていく。

「楓、おはよう」

「おはよう理沙！」

話をしながら、学校までの道を歩いていると楓から話が振られる。

「あのゲームやってみたの？」

「ん、いや、まだ……」

課題で忙しかった、タイミングがなかったなど色々と言った後で理沙はすっと目を逸らす。

「……やっぱり一緒にやってくれない？」

「もー、そうだと思った。いいよー。いつにする？」

先延ばしにしていては、いつまで経ってもこのゲームをプレイしないだろうと考えた理沙は早速今日やることにした。

「分かった。じゃあ今日の放課後だね！　……何も持って行かなくていいんだよね？」

「うん。二人プレイする分のハードは私が持ってるし」

「じゃあ楽しみに……？　してるね！」

今回に限り理沙の目的は楽しむこととはまた違っているため、二人で遊ぶとはいえこの表現でいいのだろうかと楓は違和感を覚えつつ返答する。

「でもホラーゲームは私も初めてなんだよね。理沙の家にはなかったし……」

「あはは……私がやろうって持ちかけたりしなかったしね」

楓は基本的に自分からゲームを買ったりはしないため、理沙から薦められたゲームでなければ手をつけることもない。となればホラーゲームをやったことがないのも当然である。

「やっぱり怖いのかな？」

「どうだろう？　そればっかりは私にも分からないなあ」

理沙にとっても経験のないものなため、今までのようにこれはこうだとセオリーを話すこともできない。

「じゃあやってみてのお楽しみって感じだね」

「楽しめたら……いいな」

「あっ……そうだった」

こうして今日の放課後に約束をして、二人は学校まで半分ほどとなった道を歩いていくのだった。

そうして放課後、楓は約束通り理沙の家へとやってきた。
「ただいまー」
「おじゃましまーす」
家の中へ入ると早速理沙の部屋へと向かう。理沙は色々考えた結果、一周して覚悟が決まったようで、やる気に溢れた様子で階段を上っていく。

「準備するからちょっと待ってね」

「はいはーい」

理沙の後ろでしばらく待っていると、準備が終わったようで、二つのＶＲ機器が並べられている。

楓はそのうち一つを手に取ると、改めて理沙にどんなゲームだったかを確認する。

「えっと、確かお化けに追いかけられるんだよね？」

「うん。異空間に放り込まれて、色々解決しつつそこから脱出するのが目的だって」

「ふんふん、何かダンジョン攻略みたいだね」

「そう、かな？　……まあ、でもそう思えばちょっとは楽になるかも」

パッケージの裏には、いくつかのシーンをピックアップした画像が小さく載っており、病院らしき場所が写っていた。

「普段あまり行かない場所が舞台になってる方がいいかなって……」

何かあってその場所が怖くなったとしても、ほとんど行かない場所なら問題なしというわけだ。

克服しようという目的の割には後ろ向きな理由だが、これも今までの敗走から学んだことなのだ。

「じゃあそろそろやる？　今までみたいに最初の区切りまで！」

「うん……やろうか」

初めてのゲームを二人で遊ぶ時に今までそうしてきたように、第一章のクリアを目指して二人は仮想空間へと入っていくのだった。

しばらくして目を開けると、正面に見えたのはボロボロになったいくつもの机と椅子、同じ様子の黒板。窓の外は塗りつぶされたように真っ暗であり、部屋の中は発生源の分からない明かりによって薄暗い状態が保たれている。楓が様子を確認する限り、どうやらここは学校の教室で自分は椅子に座っているようだった。

「病院のはずじゃなかったっけ？」

「……？　……？？」

楓が隣の席に座っている理沙に声をかけるものの、理沙はよく分からないと首をひねるばかりである。

「とりあえず探索してみよう！」

「う、うんそうだね……」

ゲーム内空間らしく、何かアイテムがある場合はそこが強調されるため、薄暗くとも見逃しは防ぐことができるようになっている。楓は早速目の前の机に置かれている紙がアイテムとして強調されているのを見てそれを手に取る。

「えーっと……うんうん、気づいたらここにいて、脱出方法も分からない。気味が悪いがあちこち探してみるしかない……他にも誰かいるのかな？」

「そうかも……」

理沙は予想とは異なり学校が舞台だったため、もう既に全身から逃げのオーラが漂っている。

「じゃあ私達も色々探してみるしかないね！」

「うん。何も出てきませんように……」

いくら第一章だといえども、いやホラーゲームの第一章だからこそ、何も出ないというのはありえないことなのだが、理沙は楓に手を引かれて祈りながら教室から出て行こうとする。

とりあえず周りの確認からだと、教室のドアを少し開けて顔を出し両側を確認する。左も右も薄暗い廊下が続いているものの、物音などは聞こえず特に何かが動く気配はないが、かなり暗く遠くまではっきりとは見えないため、確信は持てない。

「とりあえず安全そう？」

「何もいない……？」

「たぶん……確認する方法ないもんね」

いつもなら【機械神】での武装展開か【毒竜(ヒドラ)】による無差別攻撃で、敵と言えるものはチェックと同時に吹き飛ばせるのだが、ここではそんな物騒なものはない。

「どっちから行く？」

「危なくなさそうな方で……」

「うーん、じゃあ右！」

教室にいつまでも引きこもっていても仕方がないため、楓が決めた通り右へと進んでいく。学校なだけあって教室が並んでいるが、楓が扉に手をかけてみても何かが引っかかって開かない部屋が多い。

「開くようになるのかな？　あれ？」

教室の扉の小さなガラス部分から中を覗いた楓は、教室の机に一人の女子が座っていることに気がつく。

「ねえねえ理沙！　誰かいるよ！」

理沙もそれを確認しようと恐る恐る片目を開けて楓とともに小さなガラス窓を覗き込む。

直後俯いていた女子はすっと顔を上げて二人の方を見る。次の瞬間、姿が消えたかと思うと効果音と叫び声とともに覗き込んでいた小窓に手が叩きつけられる。

「わっ⁉」

「ひぃぅ……」

生気のない白い顔と対照的な真っ黒い目が、先程と同じように二人を見つめているのを見て、楓はここは離れるべきだと、座り込んだ理沙の手を引き立ち上がらせる。

「に、逃げた方が良さそう！」

「……」

半ば放心状態の理沙の手を引いて、来た道を帰っていく。走りながら後ろを見ると、霊らしきものは追ってきてはいなかった。

「ふぅー……セーフ。びっくりしたー」

驚きはしたものの、とりあえず逃げ切れたため、楓は一安心だと胸をなでおろす。

「こっちだとちゃんと足が速いから結構逃げられそうだね！」

そうして前向きに次に出会った時のことを考える楓に対して、理沙は今にも泣き出しそうな元気のない表情である。

「えっと、どうする？」

「ま、まだ……やるよ！」

もうヤケだとばかりに声を張って無理やりに元気を出すと、力が抜けそうになる足をぐっと伸ばして、落ち着くために深呼吸をする。

「こ、ここ克服するって決めたからね！」

何とか立ち直れているのは隣に楓がいるからというのもあるだろう。そもそも一人では立ち直れないどころか起動すらできなかったのだから。

「分かった！　じゃあ左行ってみよう！」

「う、うん……ふぅー……よし」

楓に手を引かれて左へ向かいながら、各教室に何かがないかチェックしていく。先程のメモのような指針を与えるチュートリアル的手記をいくつか発見し、ここからの脱出を目指さなければならないことや一部アイテムの使い方が示される中、楓と理沙は有用な物を発見する。

「あ！　理沙見て見て、懐中電灯！」

楓がチカチカと点けて見せると、理沙も同じように点くかどうかを確かめる。

「これで探索しやすくなるね」

「うん。明るい方がいいし……」

そうして懐中電灯を点けて部屋の中を照らしていると、廊下の方から何かが近づいてくる気配を感じて、二人はさっと明かりを消す。状態異常を示すかのように心電図のようなマークが視界の右上に出ており、何かが近づいて来るにつれて、センサーのように振れ幅が大きくなっていく。

「「………」」

二人が教卓の陰に隠れて静かにしていると、次第に心電図の揺れは収まっていき、やがて表示されなくなった。

「ふー、バレなかったみたい！　でも明かり点ける時は気をつけてないとね」

手記曰く、先程二人が出会った霊がこの学校内を徘徊しているようで、それをうまく避けつつ脱出の手がかりを探す必要があるとのことだ。限りなく現実に近くともゲームなため、きっちり回避できるだけのシステムは備わっているのである。

明かりを点けているとバレやすく、しかし点けていないと発見できないアイテムもある。

「まずはこの階を見て回ろう！」

「うん……」

「あはは、何だかいつもと逆だね」

いつもならゲームに慣れた理沙が行動方針を決めるのだが、ホラーゲームではそうもいかない。それでも、これまで理沙の姿を見てきたことで楓にもそういった能力は多少身についている。

「そうだね……正直余裕なくて……」

「ふふーん、たまには私に任せなさーい！」

「うん、お願いするね」

外に霊がいないことを心電図で確認すると、二人は静かに教室を出る。そのまま各部屋を回りつつ、脱出経路を探すのだが、学校だけでも三階に分かれておりかなりの広さである。確保したアイテムやマップなどは、いつも『NewWorld Online』でインベントリから取り出しているのと同じように引っ張り出せるため、探索の邪魔にならないのが救いだ。

「理沙こっち！」

しばらく探索した所で、楓はセンサーが反応しているのに気付いて慌てて懐中電灯を切り、理沙と二人で物陰に隠れる。

「バレたかな……？」

「気づかれませんように……気づかれませんように……！」

どうなってももう仕方ないと目を閉じて為すがままになっている理沙の隣で、楓はできるだけ様子を窺っている。しばらくして、物陰の前を霊が通り過ぎて離れていくのを見て、楓はほっと息を吐く。

「ふー、緊張するね！　ホラーゲームってこんな感じなんだ！」

「……うぅ」

理沙は得意ではないタイプの緊張と緩和の繰り返しにぐったりとしている。

「次の教室まで行ったら一旦終わろう？　結構やったし学校の探索自体長くかかりそうだし……」

楓達が概ね回りきったのは二階だけで、一階と三階は全く手付かずなのだ。第一章クリアを目標としていたが、すでに魂の抜けかかっている理沙に無理はさせられない。

「うん、そうしよう？　そうしよう？」

「じゃあそういうことで！　あと二階で行ってないのは美術室！」

二人は霊に遭遇しないように隙を窺って移動し、無事に美術室の中へと入ると、懐中電灯で照らして何かがないか確かめる。

「すごい、キャンバスがいっぱい」

「何かあった……？」

「像とかキャンバスとか絵の具とか……んー、あっ！」

「な、何⁉」

何かがある度に目を閉じている理沙の手を引いて、アイテムの表示があった所まで歩いていくと、そこにはタグのついた鍵があった。

「あ、分かりやすく手がかりっぽい！　えっと……理科室？」

楓が鍵を手に入れるとそれは勝手に収納され、アイテムとして保管される。とりあえず見つかった鍵はこれ一つなため、次の目的地は理科室となるだろう。

「理科室は二階にはなかったし、丁度いいからここで終わりだね」

「じゃあ、セーブして終わろう？」

セーブポイントはマップ上にいくつか設置されており、美術室に来る前にセーブしたところだったため、改めてここまでの探索を記録して今日はやめようというわけだ。

「じゃあ、こけないようについてきて」

ずっと目を閉じている理沙は楓が差し出した手を掴むと、何とかやり切ったと安堵する。

歩き出した楓について、理沙も一歩を踏み出すと、空いた片方の手がひんやりとした何かに包まれる。

「えっ……？」

理沙が思わず振り返るとそこには制服を着た女子がいた。理沙が感じたひんやりとしたものは透けて見える彼女の手だったのである。

「いかないで……イカナイデェェ！」

霊は目から黒い液体を流しそのまま理沙に両手で掴みかかる。突然驚かされた理沙は恐怖が容量を超えたのか、振り払うこともできずにへなへなと座り込んでしまう。

「うぇっ⁉　ななな、何⁉　理沙⁉」

歩き出そうとしたところで後ろから急に聞き覚えのない声がした楓が振り返って、理沙を助けようとした瞬間そのまま視界が黒く染まっていき、少ししてゲームオーバーの文字が浮かび上がった。

視界が元に戻ると、アイテムなどは美術室に行く前の状態に戻っており、自動的にセーブポイントから再開されたと分かる。

理沙はというと、腰が抜けた様子で無言でその場に座り込んでしまい、もう一度美術室に行く気力がないことは明白だった。

「終わろう！」

楓はそう判断すると、呼び出したメニューからゲームを止めるを選択して、二人で現実世界へと戻っていったのだった。

現実世界へと戻ってきた楓はＶＲ機器を外すと、初めてのホラーゲーム体験を思い返す。ＶＲゲームだったのもあって、お化け屋敷の延長といった感覚で遊ぶことができ、驚きはしたものの緊張感のある探索を楽しんだと言える。

「理沙ー？」

楓がヘッドギアを外してあげると、疲れ果てた表情の理沙と視線が合った。

「楓……」

「なに？」

「克服は……諦める……」

涙の滲んだ目で弱々しくこぼす理沙に、楓は分かっていたことだったとある種の納得感すら覚える。

「もー！　絶対そうなると思った！　昔っから克服するって言う度にそうなってたし」

「ゲームは……欲しかったらあげるけど」

「うーん、いいかなあ。理沙みたいに色々同時にやるのは大変だし。まだまだ先も長そうだったし」

「分かった……ごめんね、付き合わせて」

「ううん、初めてやってみて新鮮だったし。でもそろそろ帰らないと」

霊に注意して、不慣れな楓主導で足取りが異様に重い理沙と一緒に探索していたのもあって、結構な時間が過ぎており、外は暗くなっていた。楓はカバンを持つと忘れ物がないかを確認する。

「うん、またね」

「またね！　あ、そうだ……今日は何時に電話する？」

「えっ？　あっ……」

今夜はまともに眠れないだろうと楓は理沙が電話してくる時間を聞いた。六層の時と同じようなことは今までもあり、ゲーム中の反応を見るに今回も例外ではないだろう。

理沙は楓の言わんとすることを察し、恥ずかしそうにもごもごとしているが、いらないと言い切ることはできなかった。

「じ、十時頃から……」

「おっけー！」

絞り出すようにそう答えた理沙に改めて別れを告げると、楓は帰路につく。そうして残された理沙は机に突っ伏して、両手で髪をぐしゃっと崩す。

「恥ずかし……あー、馬鹿」

何回やっても後悔するのだが、それでも始める前は何故かいける気がして全能感に包まれているのだからタチが悪い。

「もうやらない、やらない！」

理沙はホラーゲームのパッケージを見て戒めるようにそう自分に言い聞かせるのだった。

五章　防御特化と食わせ者。

楓と理沙がホラーゲームをしてから数日後。長い期間のイベントも折り返しに入ろうかといったところで、イベントモンスターの討伐数は既に累計目標達成に近づいていた。

「おー思ったより早いもんだな」

「そうね。素材もそこまで集まりにくいわけでもなかったからそろそろ十分よ」

「結局僕はあんまり参加しないうちに目標達成しちゃいそうだなあ」

クロム、イズ、カナデの三人は討伐数を確認しつつ、あとはある程度積極的に動いている大規模ギルドに任せながら、少しずつ無理なく倒せば間違いなく期間中に達成できるだろうと予想する。

「じゃあ僕は今まで通りちょっと他のギルドでも見てこようかな」

「お、偵察か？」

「【ラピッドファイア】の二人も話を聞いてる限り面白そうだし。ちょっと見てみたくてさ」

「あの二人も強いからなあ。情報があると対人戦で助かるな」

「そういうこと。じゃあもし何かあったら連絡するよ」

「ええ、必要なものができたらいつでも言ってね」

「うん。あ、それと前にサリーが考え事してて、対人戦のことかなって思ったんだけど詳しく聞けなかったから、会ったら聞いてみてくれると助かるな」

「おう、分かった」

「覚えておくわ」

カナデも魔導書とソウの【擬態】によって柔軟に戦闘ができるため、レベルこそそこまで高くないものの、戦闘のキーになるスキルで戦略の要(かなめ)になれる。カナデは【神界書庫(アカシックレコード)】とその魔導書に大きく依存しているため、七層で本格的に戦闘するなら、魔導書も使っていかなければ厳しい。残しておきたい魔導書を決めるためにも、必要な情報があれば共有しておきたいのだ。

カナデはギルドホームから出て行くと、今日もリリィとウィルバートの情報を探りに行く。カナデが出て行ってから少しして、メイプルとサリーがギルドホームにやってくる。

「あら、ちょうど入れ違いになっちゃったわね」

「そうだな。もう少し待ってれば直接話もできたんだが」

「……？　何の話ですか？」

「いやな、サリーが対人戦のことで結構考えてたみたいだから、その内容を聞いておいてくれってカナデが言ってたんだよ」

「サリーちゃん心当たりある？」

「カナデと話したのはあの日だから……あっ⁉」

思わず声が出てサリーは口元を隠し、咳払いをしてごまかす。

「だ、大丈夫か？」

「いや、何でもないです。悩んでたのは別のことで、紛らわしかったですね。すみません」

「あー……ふんふん」

メイプルは何のことか察せたようで一人頷いているが、サリーから何も言うなという意味のアイコンタクトが飛んできて、察した内容については特に話さない。

「ならいいんだ。違うんなら踏み込むのもアレだしな」

「ええ、ごめんなさいね。カナデにはそう伝えておくわ」

「はい、よろしくお願いします」

会話をしてそれぞれの話に戻っていくクロムとイズを見て、メイプルはこそっとサリーに話しかける。

「悩んでたのってホラーゲームのこと？」

「もう！　……そんなの察さなくていいって」

メイプルにそう言われたサリーは表情を隠すように目を伏せ、マフラーを口元まで引き上げるのだった。

ギルドホームを出たカナデは宣言通り、【ラピッドファイア】の二人の様子を見に向かう。リリィとウィルバートは、決まった時間に決まった場所で射撃練習とばかりにモンスターを撃破しているため、いくつも層がありそれぞれが広いといっても見つけるのは簡単だ。

「【thunder storm】の方はこれといって新しく知れたことはないし、何か面白いものが見れたらいいんだけど」

カナデは道中急にモンスターに襲われた時のためにソウを呼び出すと、サリー同様馬を使ってフィールドを移動する。

ソウがいれば自分に擬態させることで魔導書の消費を気にせず戦闘ができる。そのため、重要なイベント時やボス戦を除いて、今は基本的な戦闘はソウ頼みなのだ。

カナデは以前メイプル達がリリィとウィルバートを見に行った場所の近くまで来ると、馬から下りて木の幹に背中を預けて座り込み、双眼鏡で二人を確認する。

「聞いてた通りの命中精度……それに威力もすごいなあ。あれだと僕なんかは近づけすらしないかもね」

ウィルバートは空を飛び回るモンスターに対し、ただの一度も矢を外さないのだから、必中と言われるのも頷ける。そのうえ一撃でことごとくを撃ち落とす威力となれば、並みのプレイヤーでは近づく前に蜂の巣になるだろう。

「無理矢理にでも距離を詰めるしかないね。いいスキルと【ＡＧＩ】がいるなあ」

近づこうにも真正面から走っていったのでは、同じように距離を取られてしまうだろう。サリーの言っていた通り、モンスターが爆散していく様子は攻撃力が異様な高さであることを示しているが、細かなステップや攻撃を回避する際の機敏さはマイとユイのような極端な能力値でないことを告げている。

射程があり、攻撃力があり、移動速度も人並みにあるとなればそこには純粋な強さがある。突き崩すのは容易ではないだろう。

「隣にはリリィもいるしね……うーん、隙がないなあ」

【ラピッドファイア】の二人は個として高い完成度を誇る片方を、もう片方が支援することでより盤石にしている。

ウィルバートが攻撃役ならば一撃の質による必殺、リリィが攻撃役ならば圧倒的な物量での一対多を押し付けてくる。片方が支援に集中することによって意識外から隙をついての攻撃も難しく、全て（すべ）の能力が高水準だと言えるだろう。ベルベットとヒナタとはまた性質の異なるコンビというわけだ。

カナデが片手間にイズ作のパズルを解きながら、二人がテイムモンスターを呼び出したり、今までに見たことのないスキルを使ったりすることがないかを確認していると、遠くにいたリリィとウィルバートが射撃練習をやめて近づいてきた。

「おお！　今日はまた面白い見物人がいたものだね」

「すみません。リリィがどうしても行こうと聞かなかったもので」

「いや、僕の方こそ覗（のぞ）き見するような形でごめんね？　でも、すごいな……かなり離れてたはずなんだけど」

イズの作った高性能な望遠鏡でようやく確認できるような距離にいたのだから、とても肉眼でカナデのことを視認することができるとは思えない。

「はは、うちのウィルは特別でね」

「私としてもあまり詳しく話すことはできませんが……ええ、きちんと見えていましたよ」

これは困ったとカナデは頭を掻（か）く。サリーが感じた何かあるは、勘違いではないようだった。ウィルバートは何らかのスキルもしくはアイテムによって最高レベルの生産職が作る双眼鏡と同等、もしくはそれ以上遠くまで見渡すことができているということである。

「はは、いよいよもって奇襲は効果がなさそうだ」

「ふふっ、そうだとも。いいね、包み隠さないのは好感が持てる」

そう言ってリリィは自信ありげな表情を見せる。ウィルバートの能力がある程度知られたとしても、それはあくまでおおまかなものでしかなく、完璧（かんぺき）な対策をとることは難しい。であれば、問題

なく勝ちきれると踏んでいるのである。

「少し偵察に来ててさ、ほら二人も僕達のギルドにとって重要人物だからね」

「そう言われるのは気恥ずかしいですが……」

「いや、悪い気はしないね。実のところそうだろう?」

「さあどうでしょう?」

「つれないいな。そこはそうだと言っておくべきだろう」

「そうでしょうか……?」

「と、話が逸れたね。何か有益な情報は得られたかい?」

「改めて索敵範囲の広さと射撃能力を確かめられたくらいかな」

「そうか。でもまあ言ってしまえばそれが全てだよ。その上でどうしようもないだろう?」

「そうだね。少なくとも僕は分が悪いかな」

「ウィルに対して分が悪いで済むなら、中々あなどれないね」

カナデも後のことを考えずに魔導書を惜しみなく使えばやりようはあるが、隠している能力があればそれだけでひっくり返されかねない。だから分が悪いと答えたわけだ。

「もちろんいくらでも見ていってくれて構わない。といっても見せられるようなものは概ね君のギルドマスターに見せたと思うけれどね」

「うん。僕も聞いてるよ。まあ偵察とは言ったけど、半分くらいは僕の興味本位なんだ。色んなスキルとそれを使いこなすプレイヤー、それを見てるのは楽しいからね」

「なるほど」

「嘘(うそ)ではなさそうだ。うん、分からなくもない」

「そういうわけで続けるならしばらく見させてもらうかな。次々モンスターが撃ち落とされていくのは見ていて気持ちいいしね」

「そうか。ただ、申し訳ない。今日は切り上げるつもりなんだ」

「ははは、謝ることなんてないよ。こっちが勝手に見てるだけだからね。むしろ、やめてほしいっていう方が自然なくらいじゃないかな」

ともあれ、今日はここまでとのことで、カナデもそれならまた別のギルドのプレイヤーでも見に行こうかと切り上げようとする。

その直後、近い位置でバシャバシャと水音がし始めて、三人は音のした方に向き直る。向き直った先では、地面から湧き水が噴き出しており、水溜(みずたま)りというにはあまりに大きく、直径十メートル以上の範囲を水浸しにしていた。

「ん、何だろう？　二人のスキル？」

「いえ、私は何も」

「特にギルドのメンバーにも、もちろん私達自身にもこんなスキルは記憶にないね」

近くに他のプレイヤーも見当たらず、そのうえで水となれば想起されるのは今回のイベントである。

「ウィル、今まで倒してきたサメやタコやウツボにこんな前兆はあったかい？」

「なかったはずですね。使ってきたスキルに関しても同じようなものを持っているモンスターには出会っていないはずです」

「よし、少し待ってみようか。カナデ、君も残ってくれると助かるよ。何分何が起こるか分からない」

リリィは水の広がる規模から、大物が現れるだろうと予測している。となれば今近くにいる戦力を逃す理由もない。

「うん、分かった。いいね、想定してなかったけど面白いことには出会えたみたいだ」

カナデも様子を見守ることにして、三人で何かが起こるまで集中してじっと広がる水溜りを観察していると、その中央から波紋が広がりだし、バシャンという大きな音と共に、巨大なイカが姿を現し空中に浮かびあがる。

「おー巨大イカは第二回イベント以来だなあ」

「いいぞ、訳は知らないが大物だ。仕留めるぞウィル！」

「ええ、もちろん」

「水中じゃないし、僕も多少強くなってるからね、やりようもある」

カナデは第二回イベントでは水中に放り出されて巨大イカに瞬殺された。今回の個体はそれとは異なるが、成長の成果の見せ所である。

三人はそれぞれ武器を構えると、まずはメインアタッカーであるウィルバートにバフをかけていく。

「【王佐の才】【戦術指南】【理外の力】【賢王の指揮】【この身を糧に】【アドバイス】！」

「ソウ【擬態】」

カナデの頭に乗っていたスライムがぴょんと飛び降りながらその形を変え、カナデそっくりに擬態すると、リリィは目を丸くして興味深そうにそれを見る。

「なるほどそういうモンスターか！　噂には聞いていたが実際目にすると驚くものだね」

「便利だよ。僕の場合は特にね」

カナデはソウに魔導書を取り出させると、ダメージを上げるような効果のものをどんどん使っていく。ソウに使わせると効果は落ちるものの、カナデの場合入手難度などを無視して質がいいスキルをかき集めているため、それでも凄まじい上昇値になる。

「【楓の木】でしっかりバッファーになれるのは僕くらいだからね。少しはやれないと」

「ははは……少しというには数値が伸びすぎですが……ありがとうございます。射抜きましょう」

ウィルは弓を構えるとギリギリと引き絞りつつイカの眉間に狙いを定める。

「【引き絞り】【滅殺の矢】」

赤黒いエフェクトと共に、視認すら困難な速度で放たれた矢はイカの分厚い体を突き抜けて空へ消えていく。ドバッと大量のダメージエフェクトが噴き出るものの、その頭の上に表示されたＨＰバーはほとんど減少していない。

「おっと……なるほど」

「これは想定外ですね。リリィ、代われますか」

「ああ、任せるといい。ただ、そんな次元でもないように見えるが……」

ウィルバートは一撃で倒せなかった場合に著しくダメージが減少するため、【クイックチェンジ】によって装備を入れ替えアタッカーをリリィに変更する。

リリィは即座に大量の兵を召喚すると銃撃によって攻撃を開始するが、一撃必殺のウィルバートですらそこまでダメージを与えられなかったことから察せられるように、減ってはいるものの有効打になっているとは言えない。

「反撃が来るか……！【その身を盾に】！」

「ソウ！【対象増加】【精霊の光】【守護結界】！」

両側から三人を叩き潰さんと迫ってくる触手を見て、カナデはダメージ軽減スキルを発動させ、リリィは生み出した兵全てを使って自分達を庇わせる。しかし、ダメージを軽減してなお凄まじい威力であり、兵は一瞬の抵抗ののち粉々に粉砕されていく。

「想定以上だよ……【ラピッドファクトリー】【再生産】！」

カナデがサリーから聞いていないスキルが発動され、それと同時に破壊されて直ぐに次の兵が補充され壁となっていく。

「へぇ、こんなに召喚できるものなんだね」

「ああそうとも。ウィルの力を見ただろう？　並び立つには最低限これくらいでなくてはね」

「はは、私は別に大丈夫ですよ。頼もしいに越したことはありませんが」

「とはいえ、これでは攻撃に移れたものではないからさ。ウィル、ギルドメンバーに連絡を取ってくれ。増援がいる」

「分かりました。手の空いてる者に呼びかけてみましょう」

「僕もギルドの皆を呼んでみるよ」

「それは心強いな。頼むよ」

その間くらいは耐えられると言い切って、リリィはおびただしい量の兵士を絶えず生み出すことで、触手の攻撃を防ぎ続ける。

しかし、町からそれなりに離れたところだったため、急に呼んだ増援が来るまでには時間がかかる。

「流石（さすが）にソウのダメージカットがなければ少し苦しいね、ウィルも私も攻撃力重視のバッファーなのが裏目に出たみたいだ」

「僕もそこまで持ってるわけじゃないからね？　あと何回もこうして受けてはいられないかな」

「十分過ぎるさ。っとウィル、どうやら予期せぬ応援だ」

そうしているうちに少し遠くにいたプレイヤーが巨大なイカの出現に気づいて近づいてくる。これ幸いと、リリィは手を出していいものかと尻込みしている周りのプレイヤーに呼びかける。

「突然現れてね！　どうにも数人で倒すような相手ではないらしい！　手を貸してくれないか！」

通常のフィールドに現れたことのないような巨大モンスターに、どうしたものかと動けないでいたプレイヤーも一斉に攻撃を開始する。それによってリリィ達三人に向けられていた攻撃が分散し、ようやく一旦離脱することに成功した。

「ふぅ、いつ押しつぶされるかとひやひやしたものだが。ダメージ軽減感謝するよ」

「うん、高い防御能力も見られたしラッキーかな」

「これだけ兵を召喚しているんだ。これくらいはできるよ」

「改めて見てみるのは大事だからね。本当に高いって分かった訳だし」

「違いない」

「そろそろ、近くにいたメンバーは到着するようです」

「増援は有るだけ欲しいね。見ろ、今も来てくれたプレイヤーが見事に吹き飛んでいった」

トッププレベルのリリィがカナデとウィルバートの支援を受けて、それでも防御に専念するのが精一杯だったのだから、人によっては受けきれないのも当然である。

現に気づいてやってきたプレイヤーのうちの三分の一ほどは既に触手の餌食となってしまっている。微妙に浮かんでいるのもあって、近接攻撃は難しく、プレイヤーによっては相性の悪さもあった。

「魔法使いは攻撃しやすいし、二人も射撃ができる。僕らで適度に攻撃していこう」

「また攻撃が集中しても困りますから。人が増えるまではじっくり行きましょう」

「ああ、そうしようか」

リリィは再び呼び出した兵の陣形を整えるとイカに向かって射撃を開始する。カナデもソウが持っている高威力の魔導書を使って攻撃を続ける。

「ソウ、【紛れ込み】」

これでモンスターから狙われにくくなったはずだとカナデが伝えると、それは助かるとリリィは射撃を強化する。

「周りに人も増えてきたからね。三人しかいないなら気配を薄くしても狙われるのは僕達だ」

「これだけ人がいるなら文字通り紛れ込めそうですね」

「とはいえ、あくまでも狙われにくくなるだけでずっと攻撃したり【挑発】とかを使ったりするとまた狙われるから気をつけて」

「覚えておくよ」

プレイヤー同士なら特に気にすることもなく攻撃できるため、ＰｖＰというよりはＰｖＥ用のスキルだと言える。

そうこうしているうちに【ラピッドファイア】のギルドメンバーが到着したようで、駆け寄ってきた。バラバラのプレイヤーとは違う、統率のとれたパーティープレイにより後衛を守りつつダメージを出していく。

「到着したみたいだね。これでようやく楽になるよ」

「ですが本当にＨＰが多いですね」

「ああ、これは間違いなくボスよりもタフだね。調整ミスでないのなら超多人数攻略を意図しているだろう」

【ラピッドファイア】の面々が攻撃を引きつけるようになって、単独参加のプレイヤーも戦いやすくなり与えるダメージは加速していく。大規模ギルドがギルド単位で人を呼んだのもあって、大量の人の移動に何かあったかと付いてきたプレイヤー。リリィ達のように先んじて戦っていたプレイヤーに呼ばれたプレイヤー。こうして大量の人が集まってきたことによって、リリィ達が無尽蔵とも思ったＨＰは確かに減少していく。

しかし、ここまで強力なものとして作られているモンスターが触手での叩きつけだけで終わるはずもなく、行動パターンの変化が起こる。

イカはふわっと空中に伸び上がると、地面に向けて大量の墨を噴射する。それはまるで煙幕のように拡散すると、水中でもないというのに漂って視界を覆い尽くす。

「これは……リリィ！」

「分かっている！【傀儡の城壁】！」

リリィが旗を振るうと、召喚した兵士達が崩れ落ちて、巨大な壁として再構築される。これにより三人の前方を防御した直後、轟音とともに大量の水が襲いかかり、壁を抉っていく。水によって煙幕は押し流されるように吹き飛んだが、この攻撃の出だしを隠すという目的は既に達成されている。

「大人数には範囲攻撃、実に正しい動きだ」

「困りましたね……煙幕の範囲からすると、全員が狙われているでしょうし」

「いったん怯ませて立て直したいところだけどね……」

「……よかった、隙は作れそうだよ」

どういうことだとカナデの方を見る二人に、カナデはその理由を指差して示す。浮き上がったイカのさらに上、地面を照らしつつ空に浮かぶ亀の上から三人の人影が先行して落下してくる。いち早くそれが何なのかを理解したのはウィルバートだった。

「あれはメイプルさんに、マイさんとユイさん？　……えっ、あの武器は……？」

ウィルバートは高速落下する三人がその勢いのままにそれぞれの武器を叩きつけるのを認識した。メイプルは触手に変えた手でイカを引き裂くように飲み込み、両側のマイとユイはそれぞれ八本の大槌を叩きつける。

ウィルバートのそれをも上回り、通常プレイヤーの何十倍もの破壊力を秘めたその大槌は、異様な量のダメージエフェクトを発生させて、はっきりと目に見えるレベルでイカのＨＰを減少させ、浮き上がり始めたイカを地面へと強制的に叩き落としたのだった。

その頃、落下する三人を見送ったシロップの上のサリー、カスミ、イズ、クロムの四人は自分達がきちんと【身捧ぐ慈愛】の範囲内にいることを確認し、飛び降りる準備をしていた。

「八本持ちはヤバイな。攻撃力がとんでもないことになってるぞ」

「きちんと強化までしてあるもの。武器に付与できる増加【ＳＴＲ】は装飾品よりも多いし、両手持ち武器なら尚更よ」

ダメージ量を見て、苦労はしたものの、いいものを渡すことができたとイズは満足そうに頷く。

本来一本しか装備できないことを前提にしている大槌の高い【ＳＴＲ】値を八本分も参照すればそれだけでも滅茶苦茶になる。二人の場合はそれをさらに倍にしていくスキルがあるのだから、こうなるのも当然と言えた。

「でもすごいね。先に降りてもらってイカが怯んだところに降りるって言ったけど、本当に生き残るとは思わなかった」

「ああ、貴重なものが見られたな。あの二人の攻撃を耐える生物がいるとは」

それぞれに目の前の惨事に感想を述べつつ、巨大イカを倒しきるために、四人はメイプル達を追って飛び降りる。

その攻撃力が今までとは桁違いに強化された、対ボス特化決戦兵器であるマイとユイが戦場に投入されたことにより、一気に戦況は有利となった。

地面に叩きつけられた巨大イカの上にそのまま降り、メイプルに守られながら、二人はとてつもない威力の通常攻撃を続ける。いくら初撃を耐えられたとしてもそれは全身全霊の必殺技でも何でもなく通常攻撃なのだからどうしようもない。

さらに超高ダメージにより巨大イカの放つ水が止まったことで、生き延びた面々は今がチャンスだと一気に攻勢に出る。

生まれた分かりやすいチャンスを生かすため、全員が持てる限りの大技で攻撃する。その中でもやはり一際目立つダメージエフェクトを散らせているのは地面に横たわる巨大イカの上に陣取る【楓の木】の周りだった。

「うん、やっぱり僕のギルドの皆は頼もしいや」

こうして、カナデ達三人が出会った巨大イカは一転攻勢により光となり爆散したのだった。

戦闘が終わり生き残ったものがそれぞれに感想を口にする中、メイプル達はカナデの元まで駆け寄ってくる。

「ありがとう。ごめんね？　急に呼んで」

「ううん、大丈夫！　でもすっごいのがいてびっくりしたよー」

カナデとメイプルが話していると、リリィもそれに交ざってくる。

「驚いたね。聞いていたより随分たくましくなっているようだ」

その目線の先にはマイとユイがいる。両脇に浮かんでいるものも合わせて、八本の大槌を持っている姿はあまりにも異様なものである。

「ふふふ、特訓の成果です！」

「なるほど……そうか。いや、随分凄い特訓をしたね本当に」

「ええ。私も大槌が八本見えた時は見間違えたのかと目を疑いました」

マイとユイは全く違う操作感に慣れるために五層で大槌を振り回していたため、最新の層である七層に入り浸っている多くのプレイヤーからすると今回初めて見ることになる。

その常軌を逸した後ろ姿に、あちこちからざわざわと驚いたり狼狽えたりした声が洩れたのはそのためだろう。

と、ここで全員に運営からのメッセージが届き、そこには今回の巨大イカが何だったのかを示す内容が書かれていた。

「なるほど……イベント期間が長いのはこれがあるからだったと。そういうわけだね」

「巨大ボス出現？」

「イベント第二部、レイドボス討伐の後半戦って感じかな？　他にも変更点はあるみたいだけど。

メインはこれだね」

リリィはさっと読み終えて内容を把握し、同様に内容を把握したサリーはメイプルに説明する。

期間を半分程残して、限定モンスターを一定数倒すことに成功したプレイヤー達に、次の目標として各層に現れる巨大ボスを倒すことが告げられたのである。

リリィ達が感じていたように、これは一パーティーで倒すようなものではなく、事前に決まった時間にマップ上に示される場所へと向かって多くのプレイヤーで撃破を狙うものである。出現からしばらくすると消えてしまうため、適宜討伐に向かう必要がある。

「これも撃破数に応じてイベント後にメダルが貰えるのと、また別の素材のドロップもあるらしいよ」

「おおー！　じゃあまた頑張らないとだね！」

今回の出現は特殊で、カスミが四層の町の最奥に初めて辿り着いた時と似ており、イベントモンスターの討伐数がちょうど最後の報酬まで届いたために発生したものだった。カナデ達が居合わせたのも偶然というわけである。

「【楓の木】も奮って参加してくれると助かるね。あの巨体を吹き飛ばす攻撃力は唯一無二だ。二人の力は是非とも欲しい」

マイとユイは高く評価されて照れているが、その評価も妥当だと言える。討伐をスムーズに終えるのにマイとユイはこれ以上ない貢献ができるだろう。

「対モンスター……しかもあれだけの巨大だと当てやすいし、戦いやすいだろうね」
動きがそこまで速くないため、カナデの言うように避けられにくいのは大きい。ともかく、今回はここまで。また次の戦闘まで待つことになるだろう。

「予期せずして二人の成長も見ることができた。いい収穫だったさ。ウィル、ギルドメンバーをまとめて戻るとしよう」

「ええ、そうしましょうか」

「えっと、またボス戦で会いましょう！」

「ああ。そうなると嬉しいね。また会おう、【楓の木】」

リリィはそう言い残すとウィルと共に去っていく。ここからは期間に余裕のあると思われていたイベントで突如始まった後半戦。メイプル達は改めてイベントに臨むのだった。

六章　防御特化と炎雷。

　こうしてイベントの後半戦が始まる中、メイプルはというと七層の静かな丘で日向ぼっこをしてくつろいでいた。イベントに新展開が訪れたとはいえ、人を大量に集めなければならない都合上、レイドボスの出現する時間は決まっており、それまでは自由な時間があるのである。人によってはその時間を使って、今までと同様に限定モンスターからドロップする素材集めに励んでいる。

　しかし、イズ曰く(いわ)もう必要な分は集まったとのことで、多いに越したことはないが、メイプル達が無理に討伐に向かう必要はなくなったのだ。

「のんびりできるのはいいよねー。時間加速のイベントは皆で頑張れるけど忙しいし……ねー、シロップ」

　メイプルは呼び出したシロップの頭をちょんちょんとつつく。今回は全プレイヤーでの共闘なのもあり、メイプルにとって今までで一番マイペースに遊べるイベントとなっていた。

　次の巨大ボスが出る時間は既に知らされており、場所も特段行くのが難しいところではないため、馬のないメイプルでもシロップに乗って事前に向かっておけば問題なくたどり着けるだろう。

　あとは大盾らしくマイとユイの二人を守れば問題ない。やることが明確ならメイプルも安心である。

そうしてくつろいでいたメイプルだったが、真上に何かがやってきたようで大きな影が光を遮る。

一体何かと上を向くと、影を作っていた存在は少し位置をずらして地面まで降りてきた。

「やっほーメイプル。どう？　イベントは順調？」

「ミィ！」

ミィはイグニスから飛び降りると、メイプルの隣に座り込む。

「うん！　順調だよ。今はレイドボス？　それが出るまではのんびりって感じ」

「限定モンスターを倒すミッションはもう最後まで終わったしね。その感じだと素材も集まってるんだ？」

「うん！　えへへ、でも集めたのはほとんどギルドの皆なんだけどね。あ、でもモンスターハウスは私も頑張った！」

サリーやカスミがサクサクと倒して稼いだ分が多いのは事実である。ただ、人数が集まる時はベルベットから教えてもらったモンスターハウスを利用した素材集めでメイプルも活躍していた。大量モンスターに囲まれても問題ないと言えるのはメイプル特有の現象である。

「私達のギルドも結構上手く集められたかな。私はちょっと相性が悪かったけど、あれくらいならね」

「おおー、流石ミィ！」

今回出てきたモンスターは水に関するようなものばかりであり、炎で戦うミィにとっては相性の悪い敵である。ただ、それでも成長してミィの火力も高くなっており、雑魚モンスターなら相性が悪くとも焼き尽くせるのだ。

「うん、でも今回のイベントは八層に向けてって感じらしいしさー……そうなると八層は厳しそうなんだよね」

「確かにそうかも。水に関連してそうだもんね」

「今のイベントモンスターがどのくらい参考になるか分からないけど、レイドボスまでそっち系ってなるといよいよかなー」

「水だと私も大変だなあ……ほら、泳げないし。泳げるようにもならなそうだし」

「それだと、水中戦とかは基本ダメなんだ？　じゃあメイプルと戦う時は水の中でやるのがいいのか……」

そうなるとミィも戦いにくいため本末転倒ではあるが、うまく引きずり込めればメイプルがやりにくいのも事実である。

「あっでも一応爆発して泳ぐことはできるよ！」

「…………？？　それって泳ぐっていうのかな……」

陸海空、全てにおいて爆発して移動能力を担保しているのがメイプルである。改めて考えてみると奇妙だと思うミィだが、メイプルの自爆による加速が実戦級なのは身をもって知っている。

「せめてダメージくらい受けてくれたらさー」

「ふふふ、守りは固いよー！」

自爆がただの移動手段として機能してしまっているのはメイプルの防御力あってこそである。ミィも同じようなことはできるが、ＨＰを保っていないと危険なうえ、ダメージの都合上連発も難しい。

「私はイグニスがいるから良かったけど、メイプルの自爆くらいの機動力はないと今回みたいな大きなボス相手には回り込んだりできないし」

だからこそ、極振りに行くプレイヤーは少なく、成功するのが難しいのだ。移動力や耐久力、攻撃力など問題はいくつもある。

「私もシロップのお陰でいい感じに上から攻撃できるし、マイとユイを【身捧ぐ慈愛】で守ってあげたら二人はすごいんだよ！」

「ギルドメンバーから聞いてるよ。大槌八本だっけ？　本気でレイドボスを殴り倒せるんじゃない？」

「巨大イカと戦った時は行けそうだったよ！」

「うわ、やばいなあ……ギルドの大盾使いの人には注意するよう言っておかないと」

レイドボスを正攻法で叩き潰すことができる超火力に人間が耐えられるわけがない。場合によっては構えた盾ごと木っ端微塵にされるだろう。

そうしてミィはしばらくメイプルと話をする。メイプルがくつろいでいるように、ミィもまた何か急がなければならないことがないのである。次のレイドボス戦にはミィも参加することに決めているため、【楓の木】の面々とは現地集合し、今回は二人で向かうことにした。距離がそれなりにあるため、イグニスに乗っていけるなら妙な方法で空を飛ぶシロップより早くたどり着くことができるのだ。

それまでの時間をどう過ごそうかと二人話しているところに、見知った顔が通りかかる。どうやら向こうもメイプルとミィに気づいたようで、小さく手を振るとそのまま近づいてきた。

「メイプルさん！　それにミィさんも」

「あ、ベルベット！」

今日はおしとやかなモードのようで、ベルベットはいつもの挑戦的で活発な表情でなく、落ち着いた穏やかな表情をしている。それを見てミィは一つ咳払いをしてから反応する。

「んんっ……直接会ったことはないと記憶しているが？」

「そうですね。でも、有名ですから」

「互いにな。こちらも噂は聞いている」

両方の事情を知っているメイプルは、切り替わった二人の様子を見て何とも言えない表情で見守る。

「ベルベットは今日は一人なんだね」

「ヒナタは用事があるみたいで……いつもなら私も合わせるんですけれど、イベントで新しく解禁されたレイドボスを見てみたかったんです」

落ち着いた様子でそう話しているが、内心は『強そう！　面白そう！　戦いたい！』ということなのだろうとメイプルは察した。実際よく見てみると話をしている時のベルベットは興奮が隠しきれておらず、楽しそうにしている時の笑みが浮かんでいる。

「でもここからだと結構離れてるよ？」

馬を連れているとはいえ、出現予定地点までここからは結構な距離がある。ベルベットの様子からして参加できないようなことがないよう近くで待機する気はないのかとメイプルは首を傾げる。

「ふふっ、まだ時間はありますから。その前にギルドメンバーから報告があった面白いものを見に行こうと思ったんです」

「面白いもの？　この辺に何かあったかな……」

メイプルは今までの探索を思い返してみたものの、特別面白いと言えるようなものは思いつかない。

「ミィは何か思いつく？」

「いや、これだと言えるようなものは記憶にない」

「そうなんですか。なら、よければ一緒に行くのはどうっ、ですか？」

ボロを出したのを笑顔で誤魔化しながら、ベルベットはそう提案した。メイプルから聞いていたミィはその様子を見て、自分のキャラはどうして引き返せなくなってしまったのかと一瞬遠い目をする。

「私は特に予定はない。レイドボス戦に間に合うのなら同行しよう」

「ミィも知らないみたいだし、どんなのか気になる！」

「じゃあ決まりですね！　もちろんレイドボス戦には間に合わせます！　私も参加したいっすから
ね！」

「「あっ」」

「あっ……ふふ、参加したいですからね？」

「………」

もう一度いい笑顔を見せるベルベットに、もしかしたらあったかもしれない自分の別の未来を感じて、ミィはどこか羨ましそうにその様子を見つめる。ともあれベルベットの言う面白いものを見に行くことに決めたメイプルとミィはベルベットのナビゲートに従って目的地に向かうのだった。

そうしてベルベットに連れられて二人がやってきたのは何の変哲もないダンジョンだった。メイプル自身も攻略はしたことがないものの、存在は知っているような場所である。ダンジョンの入口は山肌に開いた洞窟であり、最近見つけられたばかりの隠しダンジョンという訳でもない。

「ここ？」

「ここなら私は【炎帝ノ国】のメンバーと攻略したことがある。特に目立ったものはなかったと記憶しているが……」

「それは着いてからのお楽しみということで。と言っても少し運が絡むらしいですが」

「運ならメイプルがいれば問題ないだろう」

「ええっ⁉　そ、そうかなあ。でも祈っておくね！」

メイプルがうまくいきますようにと祈りを捧げたところでダンジョンの中へと入っていく。基本的に見つけやすいダンジョンや、到達しやすい場所のダンジョンほどモンスターも弱い傾向にある。それはHPだったり、保有するスキルの量だったりと様々だ。つまり、今回のダンジョンはモンスターは強くない部類に入る。

「【身捧ぐ慈愛】！」

メイプルが【身捧ぐ慈愛】を使ってアタッカーの二人を守る態勢を取れば、かつての層と色違いの少し強化されたスライムやゴーレムは何もできずに封殺される。そうなってしまえば後は二人が倒すだけである。

「道中は私がやろう。わざわざ一体ずつ倒す必要もない。【蒼炎】！」

ミィの放った青い炎がゴツゴツとした岩壁や天井ごと通路を吹き抜けて焼き払う。洞窟内を眩(まぶ)しいほどに照らすその炎が収まった時には、そこにいたモンスターは全て燃え尽きて消えてしまっていた。

「おおー！　さっすがミィ！」

「いいっす、っとと……いいですね。ミィさんとも【炎帝ノ国】とも戦ってみたいです」

「……いつでも歓迎とは言わないが、戦うことになれば手を抜くつもりはない」

「そうして欲しいです。いいギルドですよね。もちろん私達も負けないですけれど」

【炎帝ノ国】は【thunder storm】よりも早期に有名になったこともあり、その時点で一歩抜け出ていたプレイヤーが多く所属しており、ベルベットが戦ってみたいプレイヤーも多い。ベルベットが【炎帝ノ国】に入っていれば、そういったプレイヤーと日々決闘をしていたことだろう。

「……私もベルベットを羨ましく思うこともある」

「えっ⁉ どんなところっす……ですか？」

「……秘密にしておこう。聞かれても答えないからな」

ミィはちらっとベルベットの表情を見ると再び襲ってきたモンスターを焼き払う。

「うーん、対人戦とかギルドに関わることでしょうか……」

ベルベットがそんな的外れの推理をする中、三人はとにかくダンジョンを奥へ奥へと進んでいく。

するとミィが何かに気づいてふと足を止める。

「……ここまで水気の多いダンジョンだっただろうか？」

「え？ そうなの？」

初めて攻略するメイプルは知らないが、ミィは記憶とズレがあることに気づいた。奥に進むに連れて壁はじっとりと濡れており、地面には水溜りができ始める。限定モンスターはそもそも水を生み出す前にミィに焼却されているため、この水の原因ではないだろう。

「どうやら運が良かったみたいですね。メイプルさんのお祈りのお陰です」

「たまたまだよー。でも上手くいったならよかった」

「この湿気……いや水を生成する何かがある。そういうことか」

「気づくのが早いですよー。ギリギリまで秘密にしておきたかったんですけれど……勘が鋭いですね」

ベルベットは種明かしとばかりに見に来た面白いものについて説明する。イベントが後半戦に入ったことで起きた変化の一つはレイドボスの出現である。

「隠し要素……かどうかは分からないですが、ダンジョンのボスが時々置き換わるらしくて」

「ボスが限定モンスターみたいなのに変わっちゃうの？」

「お、そうっす！　……んんっ、そうです。ただ、どのダンジョンでも起こるのか、確率はどうなのか、落とす素材はどうか……そういうのがまだまだ分かっていないみたいです」

このダンジョンでボスが入れ替わるのは、偶然遭遇できたギルドメンバーにより知らされたのだ。ベルベット曰く試行回数がまだ少ないとはいえ、確率は低めに設定されていることが予想されている。

「イベント期間はもうそこまで長くはない。全てのダンジョンを調べ回るのは不可能だろうな」

「ダンジョンいっぱいあるし、絶対出てくるわけじゃないいんだもんね」

そういう意味ではメイプルの祈りは通じていたのかもしれない。今回一発で遭遇できたのは幸運だというわけだ。

「でもこういうのがあるんだったら、余裕があったらダンジョンに行くのもいいかも！」

「そうだな。フィールドで限定モンスターを倒しているより何か得るものがあるかもしれない」

「隠し要素らしく見えるのに何もないとは考えにくいですからね」

話しながら片手間にモンスターを蹴散らして、最奥に辿り着く頃には、水溜りは大きく広がって地面全てが水浸しで歩く度音を立てるほどになっていた。

「どんなのかなー？」

「やはり海や水をモチーフにしたものだと思うが……イベントモンスターのサイズを大きくしたようなものが本命か？」

「ではボス部屋の扉、開けますよ」

「ああ、いつでもいい」

「こっちも大丈夫！」

ミィが減少したMPを回復させたところでベルベットはボス部屋に続く扉を開け放つ。

扉を開けた先に待っていたのは、ふわふわと浮かぶ大きなクラゲだった。これが本来のボスでないのは明らかであり、メイプルは優雅に空中を漂うその姿に目を輝かせる。

「ふわふわ飛んでる！　なんだかちょっとかわいいね」

「ああ見えて結構強いみたいですよ」

「それなら全力で行かなくてはな……【炎帝】！」

「私も【雷神再臨】！」

　メイプルの両サイドからそれぞれ炎と雷が迸る。攻撃力は既に十分。となればメイプルは相手の行動に咄嗟に対応できるよう備えることが重要である。【身捧ぐ慈愛】を破る手段があった時に困るため、召喚できる諸々はひとまず出さず、兵器の展開もなしで意識を防御に集中させる。

「【フレアアクセル】！」

「【電磁跳躍】！」

「【カバームーブ】！」

　それぞれがスキルを発動させて一気に加速し、クラゲとの距離を詰める。クラゲはそれに対して細い触手を何本も伸ばしてくるが、それは自ら危険領域に踏み込むことを意味する。

「【嵐の中心】【落雷の原野】【稲妻の雨】！」

「【業炎】【灼熱】！」

　ベルベットから凄まじい量の雷が、ミィからは全てを焼き尽くす炎が放たれ、伸ばされた触手を焦がしていく。二人のスキルは範囲攻撃に優れており、囲みこむように伸ばしてくる触手などはいい的になってしまう。

　メイプルも二人が【身捧ぐ慈愛】の範囲から外れてしまわないようについて行くと【滲み出る混

沌】を使ってダメージを与え二人を援護する。

こうして触手による妨害が失敗したことにより、クラゲは二人の接近を許してしまう。それにより体が落雷止まぬベルベットの領域に入ってしまい、ミィからは【炎帝】によって生み出された火球が叩きつけられる。

ＨＰがゴリゴリと減少する中、クラゲは水浸しの地面に向けて触手を差し込む。その場から逃げられなくなるような行動にベルベットとミィはそれならばとさらなる追撃を仕掛けようとする。

と、そこで地面を浸す程度だった水が一気に膝辺りまで増水し、通常の触手に加えて、水が自在に動き触手のような形を取り始める。水でできた触手は、ベルベットの落雷やミィの炎を受け止めるとそれを消滅させてしまう。

「これでは範囲攻撃の意味がないな……！」

「それなら拳で行くだけっすよ！」

もういつも通りのベルベットは再びスパークをその場に残して跳躍する。しかし、焼き焦がされなくなった触手は的確にベルベットに届き、その体を拘束する。クラゲらしく毒、麻痺、さらにそのまま追撃を受けることになるはずだが、それはメイプルが許さない。

「大丈夫ー！　ダメージはないし、毒とかあっても効かないよ！」

「助かるっす！　なら【紫電】！　【重双撃】！」

ベルベットは電撃によって触手を焼き切ると、そのまま飛び上がり重い二連撃を叩き込む。それは電撃を纏って（まと）おり、さらにそのＨＰを削っていく。ミィの方はそこまで近づかなくとも遠隔操作で【炎帝】の火球をぶつければいい。高範囲攻撃は確かに有効であり、それを防がれるようになるのは痛手だが、それでもクラゲを倒すためのスキルはまだまだ残っている。

一方、クラゲにとっても防がれるとそれ以降苦しい攻撃があり、それは触手攻撃だった。大量の触手で攻撃し、状態異常で動けなくなった相手を一方的に攻撃するという風にデザインされている。

それら全てを破壊したのがメイプルだったのだ。

「頑張れミィ！　ベルベットー！」

そんなこととはつゆ知らず。メイプルはなおも防御を固め、盾を構え、ダメージ軽減スキルを発動するつもりでいる。

もっとも、現時点で相手の攻撃を封じ込めることができているのだから、それらをどれも使うことなく勝利することになったのは、最早当然の事だった。

その見た目通り、全力で攻撃してくるインファイターを止める手段は触手による状態異常だったが、それがメイプルによって効かないため、後はひたすら殴りつけられるばかりだった。

結果として、ボスのＨＰはゼロになり水でできた触手は消滅して、ボスが光となって消えた後にはいくつかの素材と三匹のクラゲが残された。

「思ったより簡単だったっすねー……あっ、っとと……メイプルさんとミィさんが強かったのが大きかったです」

「ああ、【身捧ぐ慈愛】を上手く突破できないボスはこうなる。何度かパーティーを組んで戦ったが、身に染みてわかった」

「きっちり守れてよかった！　えっと、ボスは倒したみたいだけど……」

メイプルはまだモンスターがいるのかと、残された小さなクラゲをツンツンとつついてみる。

「それはモンスターではなくて、部屋に連れて帰ることができる観賞用のものらしいですよ」

ギルドホームやその中の自室に配置することができる、性質としては家具アイテムにあたるものというわけだ。

「ほう、水槽に入れておくというわけか」

「ギルドメンバーの報告によると空を飛ぶみたいです」

「飛ぶんだ！　確かにボスの時もふわふわ浮かんでたし、イベント限定のモンスターも空中を泳いでるもんね」

テイムモンスターというわけではないが、ボスを小さいサイズにしたものを連れて帰ることができるのが、今回のイベント、後半戦の追加要素の一つのようだ。

「じゃあ一人一匹ね？」

誰もそれに異論はないようで空を飛ぶ小さなクラゲを一人一匹持ち帰ることにする。

「ギルドメンバーの中には周回して集めようとしている人もいるみたいです」

「なるほどな。分からなくもない」

「だね！　何匹かいたら雰囲気出そう！」

これにて、特殊ボスの討伐に成功した三人はダンジョンを後にする。ベルベットは少し物足りなかったようで、レイドボス戦に向けて英気を養い、ミィは他に部屋に配置してみたい生き物はいるか考えていた。メイプルも、こういったミニチュアモンスターが今回のイベント限定となれば、今でなければ集められないため空いた時間でダンジョンを回ってみることにするのだった。

三人でのダンジョン攻略から数日、それまでの間登場したレイドボスは全て完膚なきまでにボコボコにされていた。
「やはり、改めて見てみるとプレイヤーは強いものですね」
「ああ、このＨＰは高すぎるかと思ったが、存外歯ごたえのないものになってしまっているかもしれないな……」
運営陣はレイドボスの能力を見つつ、撃破されたシーンを確認する。後半戦開始を知らせるための巨大イカはプレイヤー達が準備できていなかったのもあり、なかなか善戦したと言えるが、それ以降はボロボロである。というのも出てくる場所と時間が分かっているため、登場前になると大量のプレイヤーが周りを取り囲み一斉攻撃をするからである。

巨大イカがそれなりに攻撃に耐えられていたのは、序盤に囲まれての集中砲火がなかったからなのだ。

「残りの間登場するボス達には何とか頑張ってもらいたいところだな」

「そうですね……あんまりあっさり倒されてもレイドボスの風格がないですからね」

そう言いながら、あっさり倒していってしまう要因となっている一部プレイヤーのことを思い浮かべる。彼ら彼女らは戦況を変えるような動きが可能なのだ。また、そうでなくとも層が進むに連れて各プレイヤーが見つけた妙なスキルは増え続けているのだから、一人ではそこまででも、それが一箇所に集まればとんでもないことになる。

「もう少しＨＰとか防御力を調整してもいい、か」

「ええ、まあ……もともと段階的に強くなるように調整していますし違和感はないでしょう」

プレイヤーが協力して数の力で圧倒的ＨＰのモンスターを倒しにくるのだから、ボスもそれ相応の質を保たなければならない。

「最後のこいつはやり過ぎかとも思ったが、そうでもなさそうだな」

「登場を待ちましょう」

「ああ、いい具合に戦ってくれると期待しているからな……」

今までそう期待して蹂躙されていったモンスター達のことを思い浮かべつつ、少し不安そうに、しかし期待を込めて運営陣はデータを見直すのだった。

七章　防御特化と魔の頂点。

運営が期待を込めた最後のレイドボスが出てくるまでの日々を、メイプルはのんびりと過ごしていた。今まではぼーっとくつろぐことが多かったが、ミニチュアモンスターの獲得にレイドボス戦と、明確にやることがある状況なため、適度にそれらを楽しみつつ有意義な時間となっている。そんなメイプルは手に入れたミニチュアモンスターをギルドホームで見せ合っていた。

「これが初めて手に入れたクラゲでしょ、こっちはイソギンチャクとクマノミ。マンタにサメに、カニ！」

メイプルがそう言ってギルドホームの机の上に小さな生き物を並べていく。細部まで作りこまれさらに動くフィギュアといった風で、机の上はまるで水族館のようになっていった。

「おー、かなり集めたね。私より集めてるよ」

サリーも持っているものを出していく。サリーはベルベットに近く、今限定で戦えるボスということで面白そうだと向かっていき手に入れたもののなため、積極的に集めようとしているメイプルよりは数は少ない。

「これだけ集まると壮観だな」

「ああ、アクアリウムが好きなプレイヤーなどは喜んでいるんじゃないだろうか」

「フィギュアなら作ることもできるけれど、こうやって動くとなるとまた別だものね」

「生命は錬成しないでくれよな……」

「ええ、まだできないわ」

「できるようになりそうに思えるのが凄いところだろう」

動くギミックがあるフィギュアと、ミニチュアサイズの生き物は別物である。イズといえども流石にモンスターを生産する能力は持っていないため、これは貴重なものなのだ。

「流石に全部部屋に置くと多過ぎるくらいだし、ここにも置いておこうかなって」

「癒しって感じでいいね。んー、僕も少し探してみようかな」

「でも共有スペースにも置くってなるとちょっと少なく感じるね。私もダンジョン回ったんだけど、そこまでポンポン出てきてはくれないしね」

「結構出てきにくいって聞いてます！」

「レイドボスのドロップでも手に入ることがあるみたいで……私達の持っているのはそれです」

レイドボス戦はクリア時に関与したプレイヤーそれぞれに素材やアイテムなどがランダムに配られる。その中にもミニチュアモンスターは入っていたりもする。マイとユイはレイドボス戦へ向かうと最終兵器として大歓迎されるため、七層だけでなく他の層にも出向いたことがあり、レイドボスからのドロップを他の【楓の木】の面々より多くもらったことがある。そのため、偶然手に入るというのが起こりやすかったのだ。

「レイドボスも順調に全部討伐されてるみたいだし、後半の報酬ももらえればメダルも五枚。次のイベントでまたスキルに変えられそうかな？」

「うんうん、じゃあ頑張って残りも倒さないとだね！」

長い第九回イベントもいよいよ終盤戦となってきて、メイプル達は残るレイドボス討伐も成功させると意気込んでいた。

そんなメイプルは、今日もまたフィールドに出てダンジョンに潜るつもりでいた。

「どこにしようかなー」

やっているうちに、一つのダンジョンでも別の特殊ボスが出現することは分かったが、メイプルの体感では出やすさに違いはあるようだった。机を占拠できるほど並べられる種類があるにもかかわらず、ベルベットと攻略したダンジョンが連続でクラゲだったのもそのせいである。

「全種類集めてみたいけど流石に無理かなあ……」

メイプルは同じものをいくつも集めるよりも別のものを探すことにしているため、今日向かうダンジョンも別物にするつもりである。何度もボスまで行く必要があるとなると、あまり難しすぎない、程よいダンジョンがベストとなる。

「うーん……そうだ！　あそこにしよう！」

メイプルは目的地を決めると、町から出てその方角へと一直線にシロップを飛ばしていく。

そうしてやってきたのはあの石像との勝負を繰り返すコロシアムだった。ここならサリーと何回か回ったのもあって、ある程度敵の強さは分かっている。二人で戦った時より弱くなるなら、問題なく勝てるだろうと踏んだのだ。道中が一本道を進むだけで、限定モンスターしか雑魚が出てこないのも何回も戦うのに都合がいい。

「ここにこんなに来ることになるとは思わなかったなあ……」

メイプルは手前でシロップから降りると、中へ入っていく。

「【身捧ぐ慈愛】【捕食者】！」

【捕食者】も気づけば随分前に手にしたスキルであり、レベルアップすることもないため攻撃力が物足りなくなってきていたが、ステータスを底上げする【魔の頂点】の効果により逞しく成長して、再びいいダメージが出るようになった。

「頑張って！」

メイプルは【捕食者】を連れて一つ目の広間に入ると石像と対峙する。特殊ボスの強さが分からないため、温存できるスキルは温存しておきたい。メイプルのダメージスキルの中で問題なく何度も使えて最も場持ちがいいのは【捕食者】なのだ。これなら倒されない限り何度攻撃させても変わらず戦闘を続けてくれる。【身捧ぐ慈愛】とメイプルの防御力が相まって、本来の想定以上の活躍ができていると言える。

二体の化物は、棍棒を持った石像に両側から噛み付く。石像もその手の棍棒を振るって化物を殴りつけるが、それは【身捧ぐ慈愛】によってメイプルに吸い寄せられて無効化される。

「よしっ！　後は待つだけだね！」

ダメージを受けないことがわかったため、メイプルはシロップに【赤の花園】を使わせて与えるダメージを上げると、【捕食者】が石像を喰い殺すのを待つ。

打開するすべがないのであれば、どれだけ時間をもらったとしても意味はなく、いずれ喰い殺される時が来る。結局、第一の石像は棍棒を振るって【捕食者】を何とかしようと健気に頑張っているうちにそのＨＰを削りきられて爆散するのだった。

「よーし撃破！　本当に強くなってる！　やっぱりステータスが上がると全然違うね」

メイプルはそう言って労うように二体の化物を撫でてやると、早速次の石像を目指して移動する。

石像一体に対して、こちらは化物二匹。数の上でも有利であり、負ける要素のないまま残る二体の石像もボロボロになるまで齧りつくした。

ただ、ボス前まで来たところでメイプルは今回はハズレだったと肩を落とす。今までのダンジョンのように地面や壁に水気がなく、今まで通りだったからだ。特殊ボスは確実に出てくるわけではなく、何度もトライして運よく遭遇できるのを待つしかないのである。

「よーし、じゃあサクッとボス倒しちゃおう！」

メイプルはボス部屋である巨大コロシアムに入ると一人の場合の石像はどんなものかと確認する。

そこにいたのは盾と長剣を持ったベーシックな石像であり、これなら大丈夫そうだとメイプルは胸を撫で下ろす。

「よーしやろう！　シロップ【赤の花園】【白の花園】！」

メイプルはシロップによって自分が有利になる領域を生成すると、剣を掲げて迫ってくるボスを迎え撃つ。その巨大な石の長剣はメイプルを切り裂くというよりは叩き潰す勢いで振り下ろされるが、メイプルの頭を正確に捉え、両者がぶつかったところでその長剣はそれ以上刃を進めることなく停止した。その防御力を超えられないのならどんな巨大な武器も見かけだけになってしまうのだ。

「ここで【全武装展開】【攻撃開始】！」

兵器は振り下ろされる剣に耐えられないため、ここで銃や砲を展開すると、【捕食者】の攻撃を援護する形で射撃を開始する。

射撃を盾で防げば【捕食者】を止められず、【捕食者】を止めれば銃弾がその身を貫いていく。盾で防がなければならないボスと、そうでないメイプルの差はここに明確に表れていた。

ただ、このダンジョンの性質上、ボスも一対一用に作られているのだから、ある程度手広く対応できるのは当然で、今度は盾で銃撃を受け止めつつ、メイプルに向かって突進してくる。突進ならおそらく貫通攻撃ではないだろうと、射撃を続けて盾を構えさせ【捕食者】を噛みつかせる。そうして、どう長剣を振ってくるかと注目していたメイプルの目の前に、そのまま盾が突き出される。

「うぇっ⁉　……うっ！」

つまり本命はシールドバッシュで、メイプルは変わらずノーダメージではあるものの、盾で全身を打ち付けられ、兵器を粉々にしつつ強力なノックバックによってバウンドして吹き飛んでいく。

「あっ！」

ノックバックによって【身捧ぐ慈愛】の範囲から【捕食者】が飛び出てしまい、メイプルは慌てて駆け寄りながら【捕食者】を呼び戻す。

ボスはというと赤いエフェクトを纏(まと)った長剣で回転斬りを放ち、周りの全(すべ)てを切り裂かんとしていた。

「間に合っ、た！【ピアースガード】【ヘビーボディ】！」

何とかギリギリで【身捧ぐ慈愛】の範囲内に収め直したメイプルは素早く貫通無効とノックバック無効のスキルを発動し、事無きを得る。何らかの強攻撃だったようだが、貫通無効スキルを使いさえすれば不安はない。

「よしっ、もう油断しないよ！　攻め切ろう！」

メイプルは再度兵器を展開すると【捕食者】をけしかける。そうして、油断しないと言った通り、堅実にボスを追い詰めていき、結果、ボスにもう一度の反撃のチャンスが訪れることはなかった。

石像はじりじりとダメージを受けていき、遂に膝(ひざ)をつくとそのままばたりと倒れこむ。これで終わったと転移の魔法陣に向かおうとしたメイプルだが、改めて思い直すと何かがおかしいことに気づく。

「何で消えないんだろう……？」

石像はＨＰがゼロになったままその場に倒れており、見ていても光に変わって消滅する様子がない。メイプルは不思議に思って石像の近くまで行くと、もしかしてまだ生きているのかとコンコン叩いてみる。

「倒したと思うけど……ん、水？」

ぴちゃっと音がして足元を見てみると、そこには水が広がっていた。そういえばサリーと来ていた時もそうだったと思い返していると、いきなり周囲の地面から大量の水が噴き出してくる。

「わわわっ!?」

驚いてメイプルが離れたところで、石像の周りの水面からジャラジャラと音を立てていくつもの鎖が伸びてくる。その鎖の先端には錨（いかり）が付いており、石像をがっちりと縛ると、そのまま地面などなかったように薄く広がった水溜（みずたま）りを突き抜けて石像を引きずり込んでいく。

今までに見てきたものとは違う何かに、メイプルは固唾（かたず）を呑（の）んで見守る。そうしているうちに、石像と入れ替わりで出てきたのは潜水服を着た人間と、ボロボロの潜水艦らしきものだった。

今までにも何度か水中のモンスターとは戦ってきたがこういったタイプは初めてである。

それらの上にＨＰバーが表示されたことで、メイプルは戦闘態勢をとった。

「これもミニチュアでもらえたらいい感じかも！」

小さな海の中に探索する人を配置できるのは、メイプルにとって嬉（うれ）しいことだった。とはいえ傾向が違いすぎるため相手の能力は未知数。メイプルは気を引き締めると、こちらも剣と魔法溢（あふ）れる中で異質と言える兵器を展開する。

「【攻撃開始】！」

メイプルが銃弾を放つと、ボスはそのまま地面に沈み込んでそれを回避してしまう。そのまま広がっていた水も引いていき、メイプルは目を丸くする。

「えっ⁉　……わっ⁉」

逃げてしまったのかと思っていると、メイプルの真下を中心にして一気に水が広がり、対応が遅れたところを大量の鎖によって縫いとめられる。【捕食者】とシロップは【身捧ぐ慈愛】によって庇うことができたため、何かあれば攻撃させようと次の出方を窺う。そうしているとメイプルの足元が一瞬白く光り、凄まじい勢いでメイプルは吹き飛ばされた。

「ば、爆発した？」

巨大な水柱が立ったことでパラパラと雨のように水飛沫が降ってくる。ボスの攻撃は鎖をも破壊しての大技だったため、メイプルはうまく解放された。普通なら木っ端微塵になっていてもおかしくはなかったが、文字通り吹き飛ばされるだけですんだため、一旦態勢を立て直すことにする。メイプルは【捕食者】を戻すと、相手が水中に潜るならこっちは空だとシロップの背中に乗って空中に浮かんでいく。

「はー、びっくりした……でもこれで距離はとれたね！」

ここまでは錨も届くまいと、メイプルは下の様子を確認する。どうやらボスは定期的に地上に浮上してくるようで、その直前には前兆として水面が広がるため、どこに出てくるかは分かりやすい。

メイプルの予想通り、錨は遥(はる)か上空までは鎖を伸ばしてこないようで、それに伴っての爆発も撃たせない動きができていた。

「しばらくはここからＨＰを削ってみようかな。潜って奇襲されたら避けきれないし……」

メイプルは先ほど展開してすぐ粉々にされてしまった兵器を再展開すると、浮上してきたところにビームを放つ。しかし、それは急に生成された水のドームによって受け止められてしまい、立ち上った水煙が消える頃(ころ)には再び水中へと避難されていた。

「手応(てごた)えないなあ……これじゃダメかも」

有効打になっていないことを感じたメイプルは自分もまた安全地帯にいるのをいいことに、どうやってダメージを与えるかを考える。

「出てきた時に攻撃するしかないから……うーん」

ビームを撃っても防がれてしまったことから、普通の攻撃を繰り返していても意味がないことは分かる。メイプルはいいスキルや試せるようなアイテムはないかと考えて、一つの策を思いついた。

「よーし、これなら！」

メイプルは下がよく見えるようにシロップの端まで行くと、短刀を地面に向ける。

「【毒竜(ヒドラ)】！」

メイプルが放った毒の塊は地面に激突すると、弾けて毒の沼を広げる。メイプルはそのままクールダウンが解消されるたびに位置をずらして【毒竜（ヒドラ）】を放つ。こうすることで、広いコロシアムも毒に覆い尽くされた。

そのまましばらく様子を見ていると、毒の下から水が広がって、ボスが姿を現した。しかし、出てきた先は今までとは異なり劇毒まみれになっており、浮上と同時に体を毒に侵されて戻っていく。

「よしっ、成功！」

絵面は酷（ひど）いことになっているものの、攻撃を受けずに一方的に相手にダメージを与える方法としてはベストだと言える。浮上する度に体を毒に侵されて、じわじわとＨＰが減少していくが、遥か上空のメイプルへの対抗手段がないようで、自ら毒に浸っては沈むを繰り返すばかりである。

「最近効かないことも多くなってきたし、久しぶりに効いてよかったー」

ダメージ自体はそこまで大きいものではないが、メイプルも待つのはもう慣れている。持久戦なら望むところで、今回はただ待てばいいのだから、何も難しいことはない。

「何かあったかなー」

メイプルはボスのことはもう放っておいて、時間を潰すためのアイテムを探してインベントリを見る。そこにはいつもカナデが遊んでいるようなパズルや、鑑賞用のあれこれ、食べ物などがぎっしりと詰まっていた。素材はイズに渡すかお金に変換するかしてしまうため、娯楽のためのアイテムが大半となっている。

メイプルはその中からいくつかを取り出すと、シロップの上で完全にくつろぐ態勢に入った。

「一応できることはやっておこうかな。【アシッドレイン】！」

仕上げに空からは酸の雨を降らせると、メイプルはボスを地獄に放り込んだ状態で、今度こそくつろぎ始める。

そうして、ゆっくりとボスが自滅するのを待ち続け、ようやく光となって消えていった頃にはかなりの時間が経過していた。

メイプル当人はというと、その間は寝そべって手持ちのアイテムで遊んでいたため、ボスが死亡した際のパリンという音によって、戦闘が終わったことに気づき、むくっと起き上がった。

「終わった！　あ、どこで倒したのかな」

メイプルはそれは考えていなかったと下を見ると、ボスが最後にいた場所には水溜りができており、ドロップアイテムを探してコロシアム中を見て回る必要はなくなった。

メイプルはそこに向かってシロップを下ろすと、何かないか毒沼の中を歩いていく。しばらくして、メイプルは紫色の沼の中に別の何かが光って見えるのに気づくと、駆け寄って拾い上げる。それはミニチュアの人間でもなければ潜水艦でもなく、手の平サイズの奇妙な黒い箱だった。

「……どこから開けるんだろう？」

メイプルはそれをじっくり観察してみるものの、何処かが開きそうな様子も、鍵穴(かぎあな)のようなものも何一つ見つからない。

「とりあえず持って帰ろうかな」

インベントリに入れておくだけでいいため、変なデバフでもかからない限り別に持って帰って困ることもない。こうしてメイプルは『ロストレガシー』と名前のついたアイテムを手に入れ、今度こそはミニチュアの潜水艦が手に入ることを祈って、もう少し早く倒す方法を考えながらダンジョンを出るのだった。

八章　防御特化とレイドボス。

レイドボスを倒しながら、ミニチュアモンスターを集める日々を送っていたメイプルだったが、長期間開催されていた第九回イベントもいよいよ最終日を迎えることとなった。最終日ということはつまり、最後のレイドボス討伐があるということである。

それに備えてギルドホームに集まった【楓の木】の面々は、出発に向けて作戦を立てる。

「ボスは日ごとに強くなってるみたいだしな。最終日は今までで最も強いやつが出てくるんじゃないか？」

「私もそう思う。最後となればプレイヤーも相当集まると予想できるだろう。それに対抗できるとなると……」

多くのプレイヤーに周りを取り囲まれても戦えるだけのＨＰと優秀な範囲攻撃を持っていることが予想される。とはいえ、どこまで行っても【楓の木】の戦略は一つである。

「いつも通りマイとユイを全力で守って攻撃してもらう方法でいきます！」

レイドボスを殴り倒すことさえ現実的な二人を超えるアタッカーなど存在しないのだ。メイプル、クロムを中心として、ダメージを無効化する魔導書を持ったカナデと、アイテムによる防御を行うイズ。そこにサブアタッカーとして設置物などがあれば除去し攻撃を弾く役割のカスミとサリーを配置して、ボスの元まで送り込むのである。

一度ボスの近くまで辿り着けば、死ぬまで続く必殺技クラスのダメージの通常攻撃によってＨＰを吹き飛ばすことができる。

「「が、頑張ります！」」

これは二人にしかできない役割なため、マイとユイは気を引き締める。レイドボス戦に何度も参加するにあたって、この攻撃力を頼りにしているのは【楓の木】の面々だけではなくなっていた。味方であればこれほど頼もしいものもないのだ。

「それじゃ出発しよう！」

万が一にも遅れないよう、八人は少し早めに向かって、レイドボスの出現を待つことにする。

現状八人で移動するのに最もスピードが出るのはハクに乗っていくことなため、【超巨大化】によって巨大な白蛇となったハクでもってレイドボスの出現位置に到着する。レイドボスの出現位置によってシロップかハクを切り替えてやってくる訳で、この白蛇を見れば【楓の木】が来たのだと、どのプレイヤーも察するようになっていた。

プレイヤーによっては今回は勝ったなどと勝利宣言をしているものもいたりする。もっとも、蛇の頭の上に浮かぶ大量の大槌が見えれば、そう思うのもおかしくないことではあるのだが。

レイドボスすら文字通り叩き潰してきたのをイベント中何度も見ているため、アレは信頼できる火力だと周知されているのだ。

「もう結構人いるねー」

「そうだね。早めに着いたと思ったけど、考えることは皆同じだったかな？」

周りに大量に味方がいてはハクの巨体も邪魔になってしまう。そのためカスミはハクの頭を地面につけさせて皆を降りさせると、ハクを指輪に戻した。

「どんなボスが現れるかも分からない。ここは一旦戻しておく」

その巨体のせいもあってハクの戦闘は大味で、基本は高いステータスを生かして攻撃をそのまま受け切って反撃するスタイルである。相手の攻撃を躱せる機動力がないため、出方を見てからでも問題はないだろう。仮に出せなくともカスミもまた強くなっているためやりようはいくらでもある。

後は多くのプレイヤーに交ざってレイドボスが現れる時を待つばかりである。

自分のギルドメンバー達と戦略についてや、モンスターの傾向に合わせた動きの話をしている者が多い中、ハクの姿を見たためか、メイプル達の元にやってくるプレイヤーもいる。

「メイプル達も来たっすね！　今日も期待してるっすよ！」

「こんにちは……ベルベットさんが話しに行こうとのことで」

「あ、ベルベット！　うん、皆で頑張るよ！」

メイプルはギルドメンバーの顔をちらっと見て、意気込みを述べる。

「私にはそこまでできることがありませんから、何かあったらベルベットさんを助けてくれると……助かります」

レイドボスは状態異常や移動、スキル封印効果に強い耐性を持っている。そうでなければヒナタ程特化しているとは言わずとも、それなりにいるデバフ使いが全員でデバフをかけ、ボスを棒立ちにして封じ込めてしまうからだ。

ヒナタはより特化していることが裏目に出て、レイドボス戦では今まで共闘した時ほど存在感を示せないのである。

「こうは言ってるっすけど、それでも頼りになるっすから。ヒナタが何か決めた時は攻めに行って欲しいっす！」

「うん！」

こうしてベルベット達と互いのことを話し続けていると、別方向からも見知った顔がやってくる。

「やあ、レイドボス戦もいよいよ最後だ。今回はかなり人が集まっているみたいだね」

やってきたのはリリィとウィルバートだった。今回は既にリリィが旗を持っており、ウィルバートが執事服を着ているため、アタッカーはリリィのようである。

「【ラピッドファイア】の人もかなり来てるみたいですね」

サリーがリリィの歩いてきた方を見ると、ここ最近のレイドボス討伐で見たギルドメンバーが固まっているのが見える。

「最後だからさ。それに……今回はかなり大物の予感がしないかい？」

今回、レイドボスの出現位置に広がっている水溜りは数十メートルはあろうかという大きさで、今までのそれをはるかに上回る。となれば出てくるものが強くてもおかしくないというものだ。

「そうですね。お互い気を引き締めていきましょう」

「サリーさん達の方が防御能力は上でしょうから、私達の方がうっかり倒されないようにしないといけませんね」

「勿論。ただ、これだけのプレイヤーにどう対抗するか、少し楽しみでもあるね。おっと、【炎帝ノ国】と【集う聖剣】も来たみたいだ」

遠くにまた大人数の塊が見える。その近くにはそれぞれ光を纏う竜と炎を散らす不死鳥がおり、どのギルドなのかは一目瞭然である。

七層にいるそれぞれが高レベルのプレイヤー達、最大戦力とも言える全員が揃って、レイドボスの出現を待っていた。

「そろそろだね。終わった後に生きていたら話でもしようか」

「はい、是非」

リリィは話を切り上げると自分達のギルドメンバーの元へ戻っていく。ベルベット達も同じようで、ちょうど話が終わったのか手を振って戻っていった。

「いよいよだね」

「うん。メイプル、防御は頼んだよ」

「任せて！」

先制攻撃に対応するため、メイプルが【身捧ぐ慈愛】を発動させ少ししたところで、広がった水溜りが僅かに発光し、中心から波紋が発生する。そうして水柱が立ち、中から現れたのは筋骨隆々で三叉の槍を持ち、その周りの水を激流として操る巨人だった。

その場にいた全員が今までとの格の違いを感じる中、その頭上に巨大な水の塊が生成され、そこから今まで見てきたイベントモンスターが大量に呼び出される。

それと同時に、出現した全てのモンスターの頭上にＨＰバーが表示され、最後のレイドボス戦が始まるのだった。

開始と同時、ボスが槍を天に突き上げると、それに連動してボスの周りに大量の水が発生し、津波のようになって一気に全方位へ押し寄せる。

「メイプル！」

「【ピアースガード】【ヘビーボディ】！」

阿吽の呼吸で求められていることを察すると、メイプルは完全な防御態勢で津波を受け止める。

ノックバック、防御貫通を無効化したメイプルと【身捧ぐ慈愛】に守られた七人はその攻撃をやり過ごすが、周りにいたプレイヤーはそうはいかない。メイプルが【身捧ぐ慈愛】で守れるのはパーティーメンバーだけであり、水の壁を上手く凌げなかったプレイヤーは押し流されて後方で倒れている。

「皆！　大丈夫⁉」

「お陰さまでな！　しっかし、いきなり手荒だな！」

メイプルとクロムは盾役として二人でマイとユイをボスの元まで連れていかなければならない。ボスは巻き上げられた水で見えないものの、腰あたりから地面に繋がっている状態で、移動する様子はない。そのかわりとばかりに頭上の水球からは大量のモンスターが湧き出しており、それらが次々に向かってくる。

水球にもＨＰがあるようで、まずはそれを破壊しなくてはプレイヤーの強みである数の有利が生かせない。現に多くのプレイヤーは陣形の立て直しを図りつつ、向かってきたモンスターの対処に追われている。

「おいおい、まずあれを壊さないと始まらないぞ」

「ここからだと機械神でも届かないよ！」

津波をやり過ごしたメイプル達からもかなりの距離があるため、押し流されたプレイヤーからするとさらに距離があり、魔法攻撃も届かない。

そんな中、ただ一人水球に対してダメージを与えるプレイヤーがいた。

「ウィルバートさん！」

「届くの？　流石……！」

津波をリリィの兵士の壁で防ぎきると、即座に装備を変更して、弓を引き絞ったのだ。メイプルの機械神よりも長い射程を持っているその弓から放たれた矢は、赤い光を放って一直線に飛んでいき、的確に水球を貫いたがそのＨＰは期待していたダメージを遥かに下回っていた。このままでは何十発と矢を射る必要がある。モンスターを一撃で吹き飛ばすような威力を持っているのだから、これは流石に何かがおかしいとサリーは感づく。

「遠距離攻撃のダメージを減衰する？　かもしれない」

「あんなに高い位置にあるのにか⁉」

「ウィルバート、だったか。聞いている攻撃力を考えるとありえない話ではないか……」

「話してるところ悪いけど、また何か来るみたいだよ！」

カナデの声に全員が顔を上げると、ボスは再度槍を天へ突き上げて、今度は空から大量の水の槍を降らせてくる。

今回もまたメイプル達は無事で済むが、あちこちのプレイヤーからは貫通攻撃だと声が上がる。回避できないほど敷き詰められてはいないが、避けられるとは言いがたいそれからマイとユイを守るには【身捧ぐ慈愛】は解除しづらい。

「とりあえず、一つずつ解決していくしかないか。メイプル、何があるか分からないし、クロムさんと一緒に防御に専念して！」

その場にとどまって防御に専念すれば、前に立った二人の大盾で水の槍を防ぐこともできるだろう。マイとユイさえ守り切れているのなら逆転のチャンスは常にある。しかし、現状の打開も急務である。ここは一方でリスクをとって動き、もう一方では安全を重視するのがベターだろう。

「うん、サリーは？」

「水球の破壊を狙ってみる。予想が外れてたら戻ってくるよ」

当然のようにそう言い放ったサリーにメイプルは期待していることを示す笑顔で頑張ってと返す。先程の水の槍や津波、大量に湧いているモンスターを見てなお、問題ないと言えるのはサリーだからこそだろう。

「なら、何かあった時に備えて私も行こう。援護くらいならできるはずだ」

カスミはそれについていくことに決める。攻撃力であればマイとユイがいれば問題ない。であれば、同じく【ＡＧＩ】に振って機動力を確保してあるカスミは唯一サリーの隣をついていけるのだ。

「分かった。行こう、他のプレイヤーに被害もかなり出てる」

メイプルのお陰で開始時と変わらない状態を保てている今こそ行くべき時だと、サリーとカスミは【身捧ぐ慈愛】の範囲から飛び出すと、レイドボスに向かって駆けていく。

前に飛び出したサリーとカスミと同様に、このまま無限に召喚される雑魚モンスターに構っていられないと判断したのだろう面々が各ギルドの集団から前に出てくる。それぞれがそれぞれの得意な形で、ボスへの接近を試みるのだ。

「【武者の腕】【血刀】！」

走りながら刀を液体状にして、カスミは近づいてくるモンスターに先制攻撃を決める。カスミはサリーと比べ攻撃の射程や範囲が優れており、効果が強力なスキルも多い。その分を本人の能力でカバーしているのがサリーな訳だが、こういった場面においてはカスミの力が生きてくる。

「周りは任せてくれて構わない！」

「ありがとう、大技は私が見切る」

攻撃を行っているうちにボスは再び槍を突き上げ今度は薄く水が広がった地面のあちこちから泡が浮き上がってくる。

「カスミこっち！　ぴったりついてきて！」

「ああ！」

カスミもまたこれまでの経験からサリーの判断を信じている。タイムラグなくその後ろをついていくと、直後次々に間欠泉のように水が噴き上がる。サリーはその隙間(すきま)をするすると抜けてさらにボスへの距離を詰めていく。

その距離は残り十メートル程度、しかし水球までとなると縦に数十メートル必要になる。とても跳躍では届かないだろう。

ただ、サリー達と同じように大量のモンスターと、ボスの苛烈(かれつ)な攻撃をうまく捌(さば)いてここにきたプレイヤーが他にもいる。であれば、協力するのも自然な流れだった。

「サリー！　また会ったたっすね！」

「ベルベット、ヒナタ！」

サリーにとってベルベットが飛び出してきているのは予想通り、ヒナタまでいるのは少し予想外だった。ヒナタはどういう仕組みなのか宙に浮かんでベルベットの隣にピタッと張り付いており、ベルベットの移動に合わせてついてきているのである。

「っと、見たことないことしてるね……」

「ヒナタにもついてきてもらったっす！」

「移動だけで目が回りそうです……っ、話してる場合じゃないですね」

ベルベット達の目的も水球を壊すことである。であれば、ここで時間を使っている暇はない。

「【氷の階】」

ヒナタがスキルを発動するとボスの周りを沿うように氷でできた階段が出現する。これなら誰でも問題なく遥か上まで行くことができる。

「助かった！　カスミ！」

「ああ、ありがたく使わせてもらおう」

「私達も行くっすよ！」

ベルベットと隣に重力を操ってふわふわ浮かびながら文字通りくっついてくるヒナタを加えて、

サリーとカスミは氷の階段を駆け上がる。ベルベットはいつも通り周囲に大量の雷を落としており、雑魚モンスターは近寄ることができないため、遠距離から水のブレスを放つことによって攻撃してくる。サリー、カスミ、ベルベットはそれぞれ機動力に優れているため、この不安定な足場でもそのブレスを上手く躱していく。ヒナタは機動力はないものの、ベルベットの動きに完全に同期しているため、問題なくついていくことができる。

「【氷壁】！」

そのうえで、氷と重量によって攻撃を防御し、三人をアシストする。下からは他にもプレイヤーが登ってくる中、四人は水球のそばまで辿り着いた。水球に対してはベルベットの雷が落ちているものの、変わらずダメージはほとんど入っていない。

「【重力制御】！」

「とりあえず【重双撃】っす！」

ヒナタのスキルによって僅かに浮き上がって、水球に近づいたベルベットはそのまま二連撃を叩き込む。浮かぶだけで移動速度が出なくとも、ここまで来れれば問題ない。

しかし、予想に反してダメージはそこまで入らず、レイドボスということもあって高く設定されたＨＰを削り切るにはまだ相当かかることが分かる。

「うっ、予想外っすね……」

「どうする？　いつまでもここにいては流石に避け切ることも難しいんじゃないか？」

現状、ベルベットが水球近くにいるため、落雷の範囲内に水球とボスがおり、それぞれにダメージが入り、かつ召喚される雑魚モンスターも即処理ができている。それはいいことなのだが、ヒナタのスキルにも時間の制限がある。氷の階段も重力制御もいつまでも保つことはできない。

「試すことは試してみよう！　ベルベット、モンスターに注意してて！」

「分かったっす！」

サリーはベルベットに呼びかけるとそのまま跳躍してボス同様水を生成し、空中を泳いでいく。回避が難しくなるその一瞬に飛んできたブレスは、ベルベットとヒナタにより撃ち落としてもらい、水球の真上までやってくると、サリーはスキルを発動する。

「【氷結領域】！」

サリーは周囲に冷気を放つと、真下の水球を凍結させる。氷を生み出すスキルとは少し違い、物を凍らせるスキル。それはボスの水球をも凍らせて巨大な氷の塊に変えてしまう。

「これならどう！　【クインタプルスラッシュ】！」

「【振動拳】！」

「【終ワリノ太刀（たち）・朧月（おぼろづき）】！」

凍りついたことで性質が変わったのか一気にダメージが通るようになり、三人が放った技は確かなダメージを与える。このままあと何度か繰り返せば破壊に繋げることができるだろう。

「効いてるっすよ！」

「いや待て何か……【心眼】！」

凍りついた球体の中に青い光が見えたのを見逃さなかったカスミは、攻撃を予測するスキルを発動する。直後、その視界は攻撃予定位置を示す赤い光に覆われた。

「まずい！　離れるんだ！」

それにいち早く反応したサリー、ついで飛び退いたベルベット。しかし、そもそも足場のないこの場所はプレイヤーに不利であり、遠くに離れるよりも早く、氷が中から弾け、元に戻った水球を中心に、空中で渦を巻くように刃状の水が拡散していく。当たれば致命傷、それを察した四人はそれぞれに防御行動を取る。

「朧【神隠し】！」

「【パリィ】！」

「【氷壁】……！」

「【三ノ太刀・孤月】！」

それぞれ、フィールドからの消失、弾くことでの物理的防御、跳躍によって乗り越えると、それぞれのスキルで対処を試みるものの、刃の数が多く直撃は免れないことを確信する。

策はないかと考えていたところで、両側から飛び込んできた炎と光が一瞬水の刃を吹き飛ばし、四人をそのまま緊急離脱させる。

サリーとカスミが一体何と顔を上げるとそこには【集う聖剣】の四人がいた。

「やっほー、またギリギリのプレーしてるねー。助かったー？」

「まさか空を飛んでくるより早いとは思わなかったぜ」

「結局、空中は召喚されたモンスターが多すぎて面倒だったな……」

二人が乗っているのは巨大化したレイの背中だった。もといた方向を見ると、そちらにはイグニスと【炎帝ノ国】の面々がおり、ベルベットとヒナタはそちらに助けられたようだった。

「前回のイベントに続く形になったか。走っていたのは見ていたが、想定より速くて驚いたよ」

「また助けられちゃいましたね。ありがとうございます」

「構わない。だが、今度はこちらを助けてもらいたい」

「凍結ですよね。大丈夫です。もう一度接近できれば」

ヒナタの足場がなくなってしまったものの、代わりにレイとイグニスがいるため、再接近は可能になった。

「じゃあ皆にも攻撃するよう言っておくねー。ノーツ【伝書鳩】」

フレデリカは頭に乗っていた黄色い小さな鳥を集う聖剣のギルドメンバー達の方へ飛ばすと、再接近を待つ。ミィ達も同じことを考えているようで、モンスターを討伐しつつ、辺りを周回し、機を窺っている。

「よし、行くぞ！」

ペインはミィ達にも手で合図を送ると、レイを一気に突っ込ませる。サリーが接近したことで再び凍結した水球に十二人が総攻撃を加える。それに合わせて次の凍結を伝えられていたギルドメンバーや、それを待っていたプレイヤー達から大量の魔法やスキルが放たれ一気にＨＰが減少し、ボス撃破の前段階である水球のＨＰはほんの一ドットになった。それと同時に氷は水に戻り、再び大量の水が発生し、拡散する。

元々水の塊があった場所の中心には、先程同様渦巻く水の刃と、僅かに残った穏やかに漂う水に守られた青いコアと呼べるようなものがあり、それを壊せばいいことは分かる。

ＨＰを削ったことにより発生した大技だろう大量の水は、一気にその場にいた全員を通り抜けて空へ上り、それに合わせてボスが槍を振り上げるのと同時に、今までのそれを上回る量の水の槍が空に顕現する。同時に、攻撃しようと近くにいたプレイヤーを咎めるように地面にも変化が起こる。どこにも逃げ場がない攻撃。威力は不明、範囲はほぼ全域、それを見てサリーは表情を固くする。

レイとイグニスによって範囲外に逃げることが難しいと判断したミィとペインはそれぞれダメージを無効化するスキルによって凌ごうとする。ただ、二人のスキルが守る対象はパーティーメンバーとその召喚物だけだ。

「私達は対象になれない……！」

「これを避け切るのは中々骨が折れるっすね！」

「出来る限り支援はする！」

「こちらもだ。頼む」

マルクスらは即座に足場や壁を生成し、ミザリーは無差別なダメージ軽減フィールドを展開する。シンとミィは撃ち落とせるだけ撃ち落とす構えである。集う聖剣はドラグが岩によって、ドレッドはサリーと似たスキルでそれぞれ足場を作り、フレデリカとペインが障壁を作る動きをする。

瞬時にパーティー外の人間に対しこれだけのサポートが可能なことに、サリーは想像以上だと驚きつつ、多少分が悪くとも生き残ろうと三人にアイコンタクトを取る。

作られた大量の足場とレイ、イグニスを飛び移って降り注ぐ水の槍を避け切るのである。

コアさえどうにかできればと思いつつ、ここを凌ぐことを前提にされているのだろうと、上手くやられたと少し憎そうにコアの方を再確認する。

その瞬間、赤い光が渦巻く水の刃のごく僅かな隙間を抜けてコアを貫くのが目に見えた。

サリーが目を丸くする中、空に浮かんだ水の槍はその半数ほどが消失し、一気に回避の目が広がる。サリーはこんなことができるのは一人しかいないと思いつつ、ここまで状況が良くなって槍に当たるわけにはいかないと集中する。

「射抜いたな。流石ウィルだ」

「ふう……ええ、弓使いとしての面目も保たれましたね」

ウィルバートは一つ大きく息を吐くとリリィとともに装備を入れ替える。

「ウィルがこれだけやったんだ。きっと避け切るさ」

「期待しましょう。こちらはお願いします」

「ああ、任せるといい」

リリィは大量の命なき兵を生み出すと、それを身代わりにすることで、多くのプレイヤーを守る準備をする。ウィルバートは役割を果たした。ここからはより多くの戦力をリリィが守り抜く番である。

「やはり数さ。これだけのプレイヤーがいるんだ。それを守った方が合理的だろう？」

「ええ、勿論」

そう言うと、リリィは降り注ぐ水の槍と噴き上がる水の奔流を、無限に湧き出す使い捨てできる兵士によって肩代わりさせ、周り全てのプレイヤーを守り抜くのだった。


「すげえな、かなりキツイと思ったがもう壊したぞ」

「サリーちゃん達も無事みたいね」

イズは双眼鏡を覗いて巨人の頭近くを観察する。そこでは無事に水の槍を捌ききったのだろう十二人がそれぞれに分かれて一度地上へ戻っていくのが見えた。

メイプル達も当然問題なく攻撃を凌ぎきっており、ここからはこちらがボスに向かって侵攻する番である。

「ノックバックで弾かれた時や貫通攻撃を受けそうになった時は俺がかばう。気にせず進んで大丈夫だ！」

「はい！」

クロムもまた【マルチカバー】などで複数人をかばい盾で受け止めることが可能だ。【ピアースガード】のクールダウン中はメイプルは盾を構え、貫通攻撃に被弾しそうなギルドメンバーをクロムがかばい盾で受け止めることで、メイプルにダメージを与えさせない立ち回りによって、じりじりとボスまでの距離を詰めていく。

水球を破壊したことによりモンスターの召喚は止まったものの、代わりに津波や水柱は強化され、さらにその手に持った巨大な槍を振り回す攻撃が追加され、あちこちで死亡したプレイヤーも出始めた。

「水の槍来るよ！　僕以外をお願い【天使の守り】」

「おお、【マルチカバー】！」

クロムは盾を構えると被弾しそうになったマイとユイをかばう。メイプルはイズをかばいしっかりと盾で槍を受け止めることでダメージを受けず、カナデは【神界書庫(アカシックレコード)】によるスキルで攻撃そのものを消滅させて対処する。

攻撃はかなり激しく、魔法や弓による遠距離攻撃か、飛行能力のあるテイムモンスターで空からヒットアンドアウェイで攻めるかのどちらかとなっている。サリー達が【集う聖剣】【炎帝ノ国】の面々と地面と空を行き来して隙をつきながら着実にダメージを与えているが、流石にレイドボスなだけあって、倒し切るには手数が足りていないようだった。

この状況を変えるには、ボスの攻撃を一時中断させ、プレイヤー全員で一気に攻め立てる必要がある。そのためにも、マイとユイの一撃が必要なのだ。

しかし、近くに行く程ボスの攻撃は苛烈になり、降る槍の数は増え、噴き出す水柱間の隙間は狭くなり、押し流すような水の勢いも強くなる。

「俺とメイプルで受け持ってダメージは受けないが、ノックバックがキツすぎる！」

メイプルが【ヘビーボディ】を使うと動けなくなってしまうのと、そもそもクールダウン中は無効化すらできないのもあって、どうしてもノックバックの間隔が短くなると厳しいのだ。現状で上手くダメージ自体は受けずに接近できているため、下手に別の手を打って状況が変わってしまわないように慎重に手を探っている。

そうしていると、少し離れた位置から声がかかった。

「何だい、随分手間取っているようだね」

「リリィさん！」

「私が道を作ろう。そうでないといつまで守っていればいいか分からないからさ」

リリィはさらに兵士を呼び出すと、指令を出して攻撃を代わりに受けさせ相殺させていく。

「さあ、進んでくれるかい？　出来る限り早くこの厄介な水を止めてくれると助かるよ」

「分かりました！　行こう皆！」

「ああ、これなら進める。助かった！」

クロムとメイプルは兵士に護られつつギルドメンバーを連れて前へ行く。射程範囲はもうすぐそこだ。

「そろそろ私も攻撃に参加できそうかな？」

「そうですね。到着を待ちましょう」

「ああ、そうしたら後方から支援射撃といこうじゃないか」

こうして、リリィとウィルバートは兵士と共に波をかき分け進む【楓の木】の面々を見送ると、攻撃の機会をじっと待つのだった。

そして幾度もの攻撃を乗り越え、大技をかいくぐり、ついにメイプル達はボスの足元へと辿り着いた。ここまでくればやるべきことは一つである。

「急いでバフをかけるわね！」

「使える限り魔導書を使おうかな。万が一ダウンしなかったら大変だしね」

「ああ、後は任せるぜ。一発ぶち込んでやれ！」

「頑張って！」

効果時間が短いかわりに効果が強力なものを順にかけていく。一つごとにマイとユイの与えるダメージは膨れ上がっていき、かけられるだけのバフをかけた状態になった時、様々なオーラの立ち昇る、威圧感のある姿がそこにはあった。

「「行きます！」」

二人は息を合わせて合計十六本の大槌を一気に振りかぶる。

「「【ダブルインパクト】！」」

それは誰でも使えるような基本スキル。しかし、直撃した瞬間、纏っていた水は全て吹き飛び、かわりとばかりに大量のダメージエフェクトが弾ける。何度見ても異様と言わざるを得ない圧倒的な火力に、最終日のレイドボスですらそのＨＰを大きく減少させ、倒れこみながら片腕をつき、槍で体を支えるのがやっとである。

それは全プレイヤーにとってこれ以上ないほど分かりやすい反撃の合図。今までのレイドボス戦で見てきたあの重い一撃が決まった証なのだ。

ここから一気に攻め立てんと、プレイヤーが活気付く中、メイプル達もこのまま起き上がらせまいと追撃に入る。と、ここでサリーとカスミもようやく合流することができた。

「メイプル！　上手く行ったみたいだね！」

「サリー、カスミ！　よかった無事で！」

「上手く助けられてな。状況は？」

「今から、総攻撃だよ！」

サリーとカスミはそれならばと武器を構え、大きな隙を見せているボスに向き直る。

倒れたボスに対し、まず真っ先に攻撃を仕掛けたのは【炎帝ノ国】だった。

「はは、面白い人だったなぁ」

「嵐(あらし)みたいに去っていったね……文字通り」

ヒナタを隣に浮かべたまま、自分のギルドの方に走って帰っていったベルベットのことを思い返す。

「向こうは向こうでやるのだろう。こちらもこの好機、逃さず行くぞ！」

「はいはい！　やるとしますか、【崩剣】！」

「あんまりできることないけど……とりあえず起き上がった時の対策しておくよ」

「皆さん向かってください。反撃がきても私が回復、復活を担います！」

　単騎で能力の高いシンとミィがいるため少数戦ももちろん可能だが、【炎帝ノ国】の四人が得意なのは陣形を整えての集団戦である。ミザリーの回復や、マルクスの罠(わな)はそれでこそ生きてくる。ボスのすぐそばに陣取り陣形を作れた今、それは起き上がったとしても対処しつつ攻撃することすら可能なものになっていた。

「ウェン、【彼方への風】【不可視の剣】だ」

「【炎帝】【炎神の焔(ほのお)】！」

　もちろん、シンとミィの二人も周りを支援することができないわけではない。シンはスキルの範囲を拡大し周りのプレイヤーの攻撃に風の刃による追加ダメージを付与し、ミィは辺りに炎を広げ全員のステータスを飛躍的に上昇させる。

リリィも言ったように数は力だ。

「畳み掛けるぞ！」

こうしてミィの号令に合わせて、全員が攻撃を開始する。

【集う聖剣】もまた一気に攻勢に出ていた。

「ハハッ、いつもと違って防御は考えなくていい分楽だと思うぜ」

「あっちもこっちもバフで大忙しなんだけどー？」

【炎帝ノ国】が攻撃を仕掛ける中、逆方向に陣取った
「いつも考えさせてるのはどこの誰かなー？」

「やってる場合か、起き上がると面倒だぞ」

「ああ、こちらも仕掛けよう。レイ、【聖竜の加護】」

「シャドウ【影の群れ】」

「【バーサーク】！　アース【大地の矛】！」

それぞれが自前のバフをかけ、テイムモンスターを呼び出していく中、フレデリカはノーツの力も借りて、全員にバフをかけ終えて、うんうんと頷く。

「ガンガン戦ってねー。バフ切れたらすぐかけるからー」

それじゃあよろしくと、フレデリカが役目を終えたようにくつろごうとしたところでドラグに引っ張られる。

「このまま攻撃参加も頼むぜ」

「もー、扱いが荒いんだけどー。これだけ大きければ、まあ間違いなく避けられることもないだろうし、気持ちよく的当てしようかなー」

いつもは決闘の度いいように避けられているフレデリカの魔法だが、多重の効果に追加してノーツのお陰でさらに一度に放たれる魔法が増えたため、当たれば威力は馬鹿にならない。

「ペイン、いいタイミングでバフ全部移すから。そうなったらよろしくねー」

「ああ、任された」

全て(すべ)のバフを一人に。滅茶苦茶な性能のこのスキルは対象に取れる人数が多いほどその力を発揮する。つまり、今はフルスペックだ。

光を放つ長剣が振り抜かれ、空まで上るような輝きがボスを切り裂いていく。それに呼応するかのように、『NewWorld Online』で最大の勢力である【集う聖剣】のギルドメンバーは突撃を開始する。


他のギルドが囲んで攻撃していく中、【楓の木】は正面に位置取ってひたすら攻撃を加えていた。人数は他のギルドより少ないものの、そのまま百人力のマイとユイがいるため、ダメージは負けていない。

「さっすがに、あれにはどうやっても勝てないね！」

「もう比べるものではないだろうな」

カスミとサリーがマイとユイに並んでボスを切り刻む中、メイプルは後方から機械神の兵器による全力射撃を延々と叩き込んでいる。イズは既に大量生産済みの爆弾を放り投げており、クロムとカナデもそれに参加している形だ。

「いや、俺はそこまで火力貢献できないけどよ。カナデはできるだろ！」

「ほら、隣で僕のそっくりさんが頑張ってるでしょ？　ソウ【破壊砲】！　まあ、節約だよ節約。それに僕のダメージもあの二人と比較すると誤差みたいなものだしね」

「できることをやればいいのよ。あ、バフが切れるわ。クロム、筋力増加ポーションを放り投げてあげて」

「おう！」

そうしてダメージを与えていた八人だが残りあと少しというところでボスが起き上がり、その槍を突き出してくる。狙いは当然、最もダメージを出していたマイとユイだ。

「「大丈夫です！　【巨人の業】！」」

突き出された巨大な槍の先端にそれぞれの八本の大槌がぶつかり、与えるはずだった衝撃は全てボスに跳ね返る。バフが限界まで積み上げられた二人の膂力は巨人のそれを上回り、その槍を弾き返したのである。残り少ないＨＰはよりギリギリまで減少する。

「よーし！　皆で押し切ろう！」

メイプルはそのまま銃撃を、サリー、カスミは連撃を、クロム、カナデもそれぞれ撃てるだけのスキルを撃って、イズは爆弾に加えてダメージアイテムを惜しみなく使用する。

「「これでとどめっ！」」

最後にレイドボス戦最大の功労者であるマイとユイの大槌が振り下ろされて巨人はその体を光へと変え消滅していったのだった。

エピローグ

「皆、お疲れ様ー！」

　レイドボス戦が終わり、ギルドホームへと引き上げた【楓の木】はイベント終了とレイドボスの撃破を祝っていた。特に今回活躍したマイとユイの二人は中心ですごかったと褒められて照れ臭そうにしている。

「八本持ってきた時は驚いたけどなあ……」

「ああ、まさかあの火力で過剰にならない相手がいるとは思わなかった」

「これから先どうなのかは分からないけどね……僕はそんなモンスターにはあんまり出会いたくないけどな」

　二人と殴り合いをして生きているのはレイドボスくらいにしてほしいものである。

「っと、イベント終わって早速だけど。また近く八層の開放があるみたいだよ」

「そっか、八層だね！　えっと、今回のイベントでメダルが五枚でしょ。それで八層の何かも開放されてるんだっけ？」

「うん。何かは行ってみないと分からないらしいね」

「どんなところかな？」

「私はちょっと予想付いてるけどね」

「えっ、そうなの⁉」

「僕も何となくは」

サリーとカナデに教えて欲しいと聞くメイプルだが、やはりこれは実際に目にしてのお楽しみだろうとはぐらかされる。

「とはいえ一応ダンジョン攻略があるからな？」

「そうね。一応ね」

そう言ってイズとクロムはとぼけたように肩をすくめると、顔を見合わせる。

ボス。果たしてそれがどんなものであれば、マイとユイの攻撃を耐えられるというのだろうか。

八層へのダンジョンに関しては特に心配はしていないと、【楓の木】は実装を待つのだった。

そして時間は過ぎ、八層の実装とともに八人は早速ダンジョンへと向かっていった。道中はそれは酷く、【身捧ぐ慈愛】によって守られたマイとユイが全てを叩き潰して粉々にすることであらゆるモンスターを撃破してのボス部屋到達となった。

「よしっ、じゃあ開けるよ！」

「うん。僕はいつでもいいよ」

「ええ、いつも通りバフは乗せられるだけ乗せたわ」

　エフェクトでピカピカに輝いているマイとユイを見て、メイプルは扉を開ける。そこにいたのはスライムのようなゲル状の生物で、七層らしく様々なモンスターの姿に変化して戦う、カナデのテイムモンスターのようなボスだった。人型、獣型、もっと魔物らしい魔物にも変化でき、変化先によっては空を飛ぶことや地面に潜ることもできる。ステータスもその度に変化し、持っているスキルの変化に合わせて戦闘スタイルを調整して戦わなければ隙を突かれてしまうような、できることが多く柔軟で、強力なモンスターだと言えるだろう。

「朧【拘束結界】！」

「ハク【麻痺毒】！」

「ソウ【スリーピングバブル】」

「【パラライズシャウト】！」

「ネクロ【死の重み】」

　入室と同時にばら撒かれる大量の状態異常スキル。様々な姿に変形するだけあって耐性があるのか、効いたのはネクロの移動速度減少効果だけだった。しかし、足が遅くなるというのは距離を取ることができないということであり、それはつまり破壊の権化であるマイとユイの接近を許すことになる。

「「【決戦仕様（デストロイモード）】【ダブルストライク】！」」

パァンと音がして、まさに変化中だったスライムはそのゲルごと弾け飛んで消滅する。それはもう一撃で、その持っていた様々なスキルを抱えたまま。

「攻撃の威力減衰くらいはありそうな見た目だったけどな……」

「無効じゃなかったのが運の尽きだね」

「いやあ、二人もメイプルに負けず劣らず尖（とが）ってきたなあ」

「流石（さすが）ー！　一撃！　……十六撃？」

「やりました！」

「えっと……支援と状態異常ありがとうございます」

「これだけすっと倒してくれるのなら清々しいな。少し、ボスは不憫（ふびん）だったが……」

「とはいえ当たらなかったら無意味だしな。移動速度減少が効いたボスが甘かったか……」

「きっと、他の人達に力を発揮するわよ」

喜んでハイタッチをしているメイプルとマイとユイを見つつ、カスミ、クロム、イズは無残にも爆散したボスに想（おも）いを馳（は）せる。

「あ！　そうだそうだ。八層！　皆行こう！」

「「はいっ！」」

先頭を歩き出した三人に残りの五人もすぐに追いついて、全員で並んで八層へと突入する。

「わぁ……！」

「どうカナデ、予想通りだった？」

「う ーん、ここまでとは思ってなかったかな？」

「うん、私も。これは探索に骨が折れそうだなあ」

八人の前に広がっていたのは一面の海。そして、かつて人が住んでいたのであろう建物の屋根に、次の建物が建てられることを繰り返している街並みである。

「ほー、これはまたすげえ層だな。泳ぎはちょっと厳しいぞ」

「いや。かなり深いんじゃないだろうか……？　何か補助アイテムがあると期待したいが」

「うーん、第八回イベントの限定モンスターの素材で水中探索を強化するものを作ることができたけれど、このためだったのかしら？」

ある程度泳ぐことができる、または水泳のスキルを取得しレベルを上げられる面々は面白そうだと受け止めているが、一通り景色を見て楽しんだ先頭三人、メイプル、マイ、ユイはどうしようかとあわあわし始める。

それもそのはず、三人はステータスの都合上どうあがいても【水泳】や【潜水】のスキルを取得することができないのだ。

「ど、どどどどうしよう⁉」

「うん……このままだと……ずっとこのちょっとずつ水面から出ている建物だけで……」

まともに探索などできないのではないかと、危惧する三人の肩をポンと叩いてサリーは落ち着くように言う。

「大丈夫大丈夫！　【水泳】とかは取ってない人も多いスキルだし、ここでいきなりそれがないとダメってことにはならないと思うよ。もちろん、あったら有利だと思うけどね」

何か救済策があるだろうと踏んでいるのだ。それを聞いて、メイプル達も落ち着いて一旦素直にこの層を楽しむことに決めた。何があるかはこれから探していくのだ、まだまだ八層には入ったばかり。何も知らないうちから判断することはできないのである。

「よーし！　今回もいっぱい見て回るぞー！」

そう言ってメイプルは勢いよく拳を突き上げる。八層は水没都市。海上に点々と突き出た建物と、遥か水中、深海に眠るかつての街を探索することになるのだった。

あとがき

ふと目についてて十一巻を手にとってくださった方にははじめまして。既刊から続けて読んでくださっている方には応援し続けてくださったことに深い感謝を。どうも夕蜜柑です。

早速ですが、今巻ではまた新しいことがありました。といっても物語の展開というわけではないのですが。これを手にとっていただけている方はもうご存知かもしれませんが、十一巻は特装版にてボイスドラマＣＤが収録されています。メイプル達が喋っている貴重な機会ですので、よろしければ特装版を手にとってみてください。内容は告知にあった通り、【楓の木】での寄り道になっています。本編から少し離れて、書籍では描かれなかったメイプル達の日常の一幕が見られると思いますので、そういったものがお好きな方は是非。

本編の内容は十巻登場の新キャラクターと関わり合いつつのイベントが中心になっています。あんなスキルやこんなスキルがあったり……サリーなんかはいつか来る対人戦に向けて、それらの対処法を考えている。と、そんな流れになっています。「いつか」がいつなのかを楽しみにしつつ、今分かっているスキルから、どんな組み合わせでどんな風に戦うか予想するのも楽しいかもしれませんね。もっとも、その頃にはメイプルなんかはまた別物になっているかもしれませんが……。

そんな十一巻を楽しんでいただければ幸いです。


十一巻が出る頃には年も明けていますし、そうなるとTVアニメになったのがもう一年も前になるのですから、時間が経つのは本当に早いものです。言葉にしてみると、声がついているというのも随分久々に感じますね。アニメ続編に関しても今後情報が公開されていくと思いますので、公式のお知らせをチェックしてみてください。

TVアニメになってからは一年ですが、Web上での連載開始からはもう四年以上になります。皆さんの応援を受けて、ここまで続けられたことを嬉しく思いますし、だからこそこの物語を最後まで届けたいとも思います。ですから、もしよろしければその時まで見ていてくれればと。

といったところで、今回は締めさせていただきたいと思います。

皆さん、どうぞ今度ともよろしくお願いいたします！


皆さんの応援を受けて、今後とも物語を紡ぎます。

一巻ごと、皆さんに何か楽しいものを少しでも届けることができるように。

そして、いつかの十二巻でお会いできる日を楽しみにしています。

夕蜜柑

カドカワBOOKS

痛(いた)いのは嫌(いや)なので防御力(ぼうぎょりょく)に極振(きょくふ)りしたいと思(おも)います。11

2021年1月10日　初版発行
2022年12月10日　3版発行

著者／夕蜜柑(ゆうみかん)

発行者／山下直久

発行／株式会社KADOKAWA

〒102-8177
東京都千代田区富士見2-13-3
電話／0570-002-301（ナビダイヤル）

編集／カドカワBOOKS編集部

印刷所／大日本印刷

製本所／大日本印刷

Printed in Japan
ISBN 978-4-04-073760-7 C0093

新文芸宣言

かつて「知」と「美」は特権階級の所有物でした。

15世紀、グーテンベルクが発明した活版印刷技術は、特権階級から「知」と「美」を解放し、ルネサンスや宗教改革を導きました。市民革命や産業革命も、大衆に「知」と「美」が広まらなければ起こりえませんでした。人間は、本を読むことにより、自由と平等を獲得していったのです。

21世紀、インターネット技術により、第二の「知」と「美」の解放が起こりました。一部の選ばれた才能を持つ者だけが文章や絵、映像を発表できる時代は終わり、誰もがネット上で自己表現を出来る時代がやってきました。

UGC（ユーザージェネレイテッドコンテンツ）の波は、今世界を席巻しています。UGCから生まれた小説は、一般大衆からの批評を取り込みながら内容を充実させて行きます。受け手と送り手の情報の交換によって、UGCは量的な評価を獲得し、爆発的にその数を増やしているのです。

こうしたUGCから生まれた小説群を、私たちは「新文芸」と名付けました。

新文芸は、インターネットによる新しい「知」と「美」の形です。

2015年10月10日

井上伸一郎

生きて、
蜘蛛子ちゃん――!!
全ネットが応援した
衝撃の問題作!!
角川コミックス・エースより
好評発売中!
スピンオフコミックも
要チェック!!
蜘蛛ですが、なにか?
蜘蛛子四姉妹の日常
グラタン鳥
1
漫画:グラタン鳥
蜘蛛ですが、なにか?
かかし朝浩
馬場翁
輝竜司
1
漫画:かかし朝浩
蜘蛛子の七転八倒
ダンジョンライフが
漫画で読める!?
書籍、コミックなどの情報が集約された特設サイト公開中!
「蜘蛛ですが、なにか? 特設サイト」で 検索
シリーズ好評発売中!
カドカワBOOKS

ラスボス
魔王よりも強いけど、
平穏に暮らしたいんです。
B's-LOG COMIC＆
異世界コミックにて
コミカライズ
連載中!!!!
漫画：のこみ
悪役令嬢レベル99
～私は裏ボスですが魔王ではありません～